「Si vous prenez la responsabilité」
『あなたが責任を取ってくれるなら』
してくれる……？」

「なん……だと……」
くそっ、うめぇ——うめぇよ……。
「参ったよルシィ……
これには白旗を掲げざるを得ない」
伊原間 創路［いはらま そうじ］
ゲーム会社に勤務する社会人、26歳。
ルシィのホームステイ先で、
師と崇められている。

「早速作りますので
もう少し待っててくださいねっ」

「……え？」

ホームステイを受け入れたら、
俺のことを全肯定してくれるオタク美少女だった

神里大和

ファンタジア文庫

3216

口絵・本文イラスト　森神

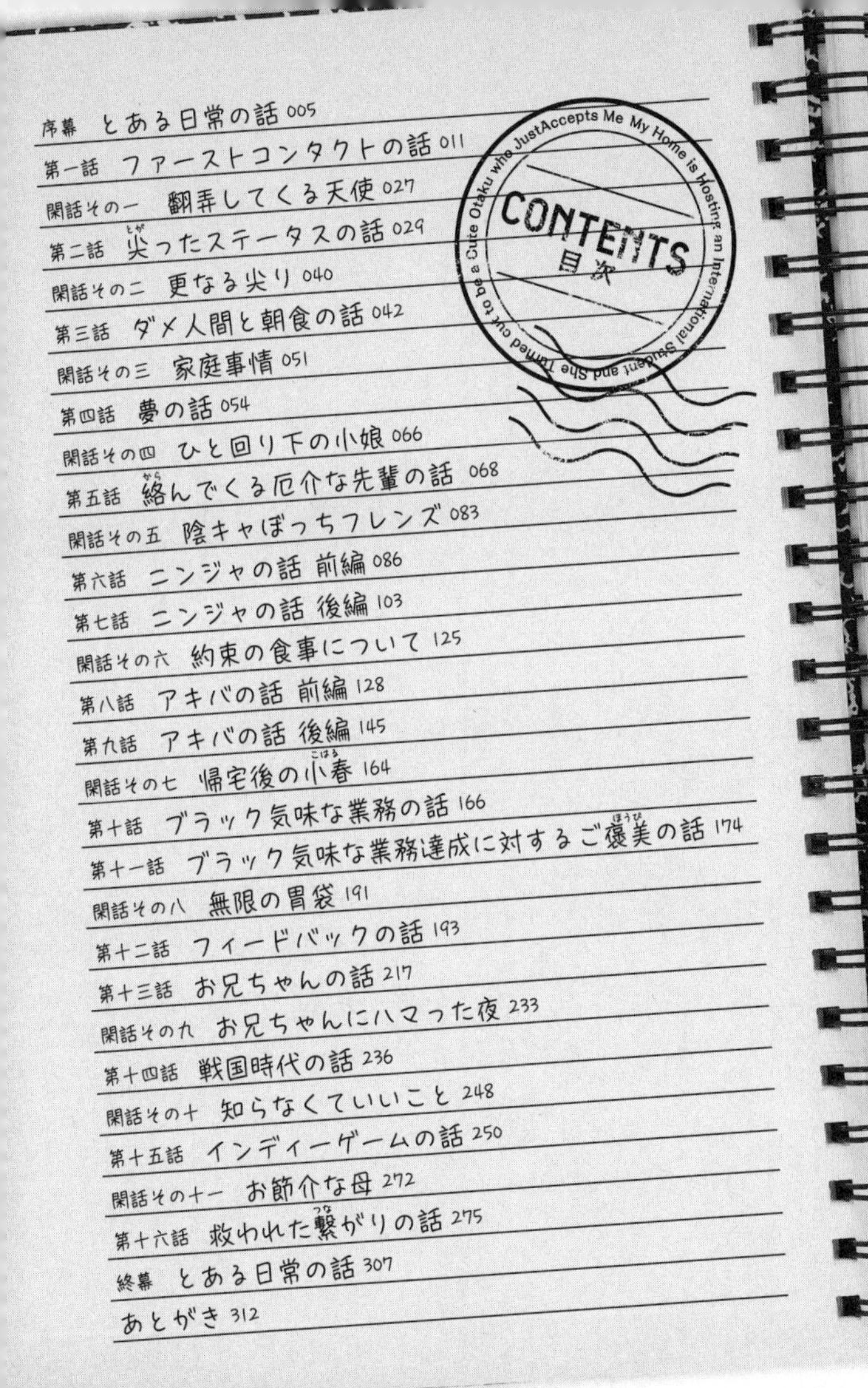
My Home is Hosting an International Student and She Turned out to be a Cute Otaku who JustAccepts Me

CONTENTS
目次

序幕　とある日常の話

貞子(さだこ)で有名な某ホラー映画の中に、見たら死ぬ呪いのビデオを我が子が見てしまって母親が取り乱す、というシーンがある。

そりゃ取り乱すよな。

誰だって取り乱す。

見られたくはなかったモノを見られてしまったとあらば、人ってのは絶対に取り乱す。

じゃあたとえば。

居候(いそうろう)の留学生にエロゲの所持がバレて勝手にプレイされていた俺も取り乱していいはずだよな？

「──ちょっ、おい！　な、何やってんだよルシィっ！」

「あわわわ……し、ししょー……これは……」

とある休日の昼下がり。

野暮用から自宅マンションの一室に帰ってきた俺が目にしたのは、金髪碧眼(へきがん)のお人形さんみたいな美少女がリビングのノートPCでエロゲのHシーンをガン見している光景であった。

異国出身の彼女は顔を真っ赤にして慌てふためいた様子ながらも、食い入るようにディスプレイの中のピンクな様相を眺めていた。

……なぜこうなってしまったのかは一応想像が付く。

俺は出かける前までこのリビングでそのエロゲをプレイしていた。でもエロ目的でやっていたのではなくて、そのエロゲはシナリオに特化しているヤツなので、ゲーム会社勤務のシナリオライターをやっている者として俺はインプットがてらプレイしていたのだ。

でだ、Hシーンに入ったところでひと区切りつけ、ひと休みするついでに野暮用を済ませてこようと思い、外出したわけだ。もちろん当然の如(ごと)くスリープして出かけたさ。しかしノートPCを閉じはしなかったので、それが現状の原因と言えば原因なんだろう。

そう、だから恐らくはそこにおわす居候留学生のルシィがなんらかの弾みでそのノートPCに触ってしまったんだろうな。あとのことはわざわざ言うまでもないだろう。スリープモードが解除され、PCが立ち上がり、セーブはしていたが終了まではしていなかった

エロゲがドドンと表示され、この状態になってしまったんだと思う。

　若干テキストが進んでいるので、ルシィは興味本位で少し読んだのかもしれない。可愛い顔してむっつりなのだろうかと思いつつ、しかし現状はそこをいじるような雰囲気でもない。むしろ俺が、誤解を解かなきゃいけないんだよなこれは……。

「し、ししょーは……こういったゲームをお持ちだったのですね……？」

　困惑した表情で尋ねてくるルシィの視線がやたらと突き刺さる。心が痛い。

「い、言っとくがインプットのためだからな？　別に私欲のためじゃなくてだな……」

「べ、別によろしいのです……責めているわけではありませんし……ししょーも男性ですからね……ええ、ルシィは分かっておりますっ」

「絶対分かってない！」

　なんだその生温かい目は！

　俺はマジで参考資料としてそれを買ってプレイしていただけだというのに！

「あくまでインプット目的なんだってば！　な？　分かるだろ？」

「え、えっちなゲームで性的なインプットをするのが日本男児ということですね……？」

「日本男児をなんだと思ってるんだよ！　違うってば！　そのエロゲはシナリオが単純にいいの！　俺がインプットしたいのはそっちだから！」

「な、なるほどです……」

ふぅ、なんとか納得してもらえたようだ……してもらえたんだよな？

「じゃあほら……納得してくれたんならとりあえずエロゲからはもう興味をなくしてもらう方向性で頼むよ」

「い、いえっ、お待ちくださいしょーっ」

「な、なんだよ？」

急にずいと詰め寄ってきたルシィは、直後にこんなことを言ってきた。

「よ、よろしければこのゲームを一緒に読み進めさせてもらうことって出来ませんか？」

「……は？」

「ルシィとしてもシナリオ面のお勉強をしたいのですっ。ダメですかっ？」

「いや、まぁ……」

ダメ、と言い切るようなことでもないよな別に……Hシーンを飛ばせばエロゲは単なるギャルゲだし、ルシィのとある夢を知っている身としてはそれを後押しする意味でも学ぶ機会は与えてやりたいわけで。

「途中からでも構いませんのでっ」

「それじゃ話が分からないだろ」

俺はひと息つきながら、

「一緒に最初から読み直すか」

「――っ。よ、よろしいのですかっ？」

「ああ。俺としても話をきちんと理解するためにもっかい読めるのはプラスだからな」

「あ、ありがとうございますしょーっ！」

そう言って感激した表情を浮かべ始めたルシィと一緒に、俺はこうしてエロゲを最初からプレイすることになった。


とまあ――少し前からこんな感じで、俺の生活には異国の美少女ルシィが介入してくるようになっている。介入というか、普通に同居しているわけだが、それはパパ活女子を拾ったとか、悪の組織から匿っているとか、そういう話ではなくて――

――ホームステイ。

日本のオタク文化、特にゲームを愛するがゆえに留学しに来たルシィを、俺がホストファミリーとして受け入れたのだ。

そう、だからこれは――異国のゲーマー少女との日々を綴った日常の物語だ。

第一話　ファーストコンタクトの話

時は二週間ほど遡る——。

『じゃあ創路くん、今日もお疲れ様』

「まひろさんこそお疲れ様でした」

この日の定時を迎えた俺は、シナリオの相談でZoomを繋げっぱなしにしていた先輩女性社員のまひろさんと挨拶を交わしていた。

俺の職業はシナリオライターだ。大手ゲームメーカーである『サイバープロジェクツ』に籍を置いて、自社プロジェクトのシナリオについて考えながら日々を過ごしている。

そんな仕事が本日も十九時の定時を迎えた。

リモートワークなので、即プライベートモードに突入出来る。

『創路くんはこれから何するの？　夕飯？』

画面越しのまひろさんが尋ねてくる。

　まひろさんは肩口まで伸ばされた綺麗（きれい）な黒髪と、泣きぼくろが目立つ整った顔、そして非常に豊満な胸が特徴的な美人お姉様だ。華麗な外見とは裏腹に割と快活な人であり、Zoomの背景に有名銘柄の一升瓶画像を設定しているくらいにお酒が好きだったりする。

「ご明察。デリバリーにしようか外食にしようかで悩んでます」

『手作りしてくれる同棲（どうせい）彼女とか居ないの？』

「居ないの知っててそういうこと聞いてくるのはパワハラっすよ」

　そう告げると、まひろさんは自嘲するように笑ってみせた。

『ま、私も未（いま）だにフリーだしね。二十八歳独身を笑えばいいわ』

「俺も二年後には同じ年齢と同じ立場なんで笑えないっす」

『二年間で彼女作りなさいよ。なんならお姉さんとお付き合いしてみない？』

「飲んだくれはちょっと……なんつーか、デバッグ案件と言いますか」

『デバッグ案件って何よ。私のお酒の好きっぷりがバグってるってこと？』

「……俺んちに突撃してくる酒癖の悪さがバグってるので直して欲しいってことです」

　実はまひろさんとはたまたま同じマンションで暮らしているのだが、定時後に酔っ払ったこの人が俺の部屋に突撃してくるのがもはや日常茶飯事。ウザいくらいに絡（から）んでくるのでそりゃ幾ら美人でも結婚出来ませんわな、と納得出来る有り様である。

『いいじゃないの別に。リモートワークが基本になってから飲み会もなくなっちゃったし、創路くんと一緒に飲まないとつまらないんだもの』

「そんな理由で俺の大事な大事な定時後のプライベートを荒らさないでくださいよ」

『どうせゲームするだけでしょ？』

「――そのプレイ体験によるインプットが大事なんでしょうがっ！」

ドンッ、と机の天板を叩く。

「俺たちクリエイターはインプットを怠ったらおしまいなんですよ分かりますか⁉　始業前も定時後も常に最新のエンタメトレンドを追い求めていっぱいゲームしたり映画観たり読書したりして過ごさなきゃダメなんですっ！　本当なら非日常的なシチュを実際に体験することで学びとしたいところですけど残念ながら現実はクソほど暇なのでそんなのは期待出来なくて結局はフィクションに頼って学ぶしかないんですよチクショウっ！」

『あ、荒れ過ぎでしょ……熱心なのは結構だけど、ほどほどにしとかなきゃダメよ？』

まひろさんは呆れていた。

『君が始業前も定時後もインプットに励んでいるのは理解してるつもりだけど、頑張り過ぎは良くないわ。抜くところは抜いて生きなきゃ、体が持たないってもんよ』

「別に苦とは思ってませんし」

『あのね、精神と肉体は別物なのよ。分かる？　やる気があれば疲弊しない、って話じゃないでしょ？　まったく……君がそうやって自分の体を顧みない鈍感ぶりだから私は毎日様子を見るために定時後に通ってあげてるんじゃないの』

　そんな気遣いがあったとは……ちょっとジンとしてしまうな。

『というわけで、今日も行ってもいいかしら？』

　うぐ……美人の上目遣いは卑怯過ぎる。この画面を拡大してスクショでも撮ってやろうかと思ったが、さすがにキモい行動なのでそれはやめておく。

「まひろさん申し訳ない。今日は外食するって決めたんで、来ても歓迎出来ないっすね」

『そんなぁ……』

　画面越しのまひろさんがガチで悲しそうにしているのが、なんだか割と嬉しかった。

「なんなら一緒に行きます？」

『行きたいけど……外出るの面倒だからパス』

　自堕落だなぁ……でもリモートワークになれると外出るのが億劫になるのは分かる。

　そんなわけでまひろさんとお別れし、俺は業務用ＰＣの電源を落とした。

「さて」

　俺は近所のファミレスへと出かけることにした。

本当ならさっさとエンタメに触れて己が研鑽たるインプットに励みたいところだが、人体ってのは栄養を欲しがる。出来ることなら食う間を惜しみたいし、寝る間だって惜しんでインプットに励みたいのが俺という人間だが、そこを惜しめば死んでしまう。

だから俺は声を大にして言いたい。――強制休息システムを導入しやがったこの人生ゲームの制作者、もとい神様は無能であると。

まぁ嘆いていても仕方がないので、めんどくさいがファミレスに行く。面倒ならデリバリーで済ませりゃいいわけだが、今日からそのファミレスで俺の好きなソシャゲとのコラボキャンペーンが開催されるとかなんとかで、そのキャンペーン限定のグッズ（クリアファイル）をゲットしに行かねばならんという行動原理のもと、俺は薄手のコートを羽織って三月中旬を迎えた東京郊外の街中へと繰り出すことにした。

「……ん？」

玄関前の廊下に出たところで、馬鹿デカい段ボール箱が置かれていることに気付く。

「なんだこれ……？」

伝票が貼られていない。その代わりにマジックで書いたと思しき下手くそな太字で『そうじさまへ』と段ボールにじかに俺宛てだということが記されている。

マジでなんだこれ……置き配でこんなの頼んだ覚えがないぞ。

「……重っ」

試しに持ち上げようとしてみたら、重過ぎて持てなかった。

農家やってる実家から大量の米でも送られてきたのか？

「まあいいや……」

帰ってきてから対処だ。こんな重いの誰も盗めないだろ。

そう考えて、俺は謎の段ボール箱を放置して出かけることにした。

やがてファミレスにたどり着いた俺は、運ばれてきた食事を数分で胃に収め、目的のクリアファイルもゲットしたのでさっさと帰路に就いていた。

ところで。

ひとつの問題が発生している。

俺はスマホのインカメを利用し、先ほどから背後を確認していた。

――段ボールに追われているからだ。

お前は何を言っているんだと思われるかもしれないが、事実なのだから仕方がない。

あぁ分かってる。おかしなことを言っている自覚はあるさ。でも本当に事実なんだ。

某スニーキングゲームの主人公よろしく段ボールを被っている誰かが、背後を映す俺のスマホのインカメにハッキリと映り込んでいた。

不審人物に追われるバグが俺の人生に発生中だった。

デバッグ案件だ。

追われ始めたのは今ではない。出発時から尾行されていることには気付いていた。

何かの間違いかと思って気にしていなかったが、こうまでしつこく追跡されてしまえば無視は出来ないという話になる。

その歩く段ボールは恐らく部屋の前に置かれていたヤツだろう。

人が入っているからアホみたいに重かったわけだ。

「一体誰だよ……狙われる覚えはないぞ」

インカメで確認する限り、段ボールの底から生える足は細い。少なくとも大人の男には見えない。他人にドッキリでも仕掛けようとしているクソガキチューバーか？

「……対処するか」

一応、高校時代は柔道をやっていたので一般人程度ならたやすく組み伏せられる。

俺はひとけのない路地に段ボールを誘導してみることにした。

細い路地の角を何度か曲がり、その曲がり際で待ち伏せする。

そして間抜けな段ボールが俺に気付かないまま角を曲がってきたところで――

「――来たなデバッグ案件！」

俺は段ボールを捕縛した。

「――きゃっ！」

「一体どこの誰だよお前っ。姿を見せてみろ！」

そう言って俺は段ボールを剝ぎ取った。

次の瞬間、あらわになったその姿は――

「――が、外国人……っ⁉」

かすかに届く街灯の明かり。

それを頼りに捉えたストーカーの正体は――金髪碧眼（へきがん）の女の子だった。

背中まで届く絹糸のような淡い金髪と、すべてを見透かすサファイアのような瞳。

そんな可憐（かれん）な異国少女に驚いて、俺はたまらず一歩しりぞいた。

そして一方の彼女は――

「――ルシィの追跡は気付かれていたのですねっ⁉」

と、特に逆ギレする様子もなく、流暢（りゅうちょう）な日本語で驚いたように呟（つぶや）いていた。

「その洞察力、さすがと言わざるを得ませんっ。さすがはルシィのししょーとなるお方ですねっ！」

「……へ？」

　間違いなく初対面だというのに、俺はなぜか師として認定されていた。

「な、なんだ君は……？」

　往年の伝説的コントの前振りみたいな呼びかけをしつつ、俺は混乱していた。

　こんな子は本当に知らない。あまりにも謎過ぎる。

　そんな中で彼女は、前世の恋人に巡り会えたかのように大仰な態度で腕を広げたかと思いきや、

「――私はルシィと申しますっ！　ししょーっ、お会い出来て光栄の極みですっ！」

　と、男をダメにしそうな笑みを浮かべながら、ギュッと欧米諸国でよく見られる挨拶としてのハグを行なってきたのだった。

「ちょっ、待て……っ、何？　新手のパパ活勧誘⁉」

　いきなりのハグに驚いて、名前を聞いてもピンと来ず、光栄ですと言われても俺なんの功績もない一般人ですけど⁉　としか思えないそんな中で――

「ルシィはルシィです！　ルシィはししょーを頼りに来たのですっ！」

　と、ルシィはやはり俺のことを一方的に知っているようだった。

◇

ひとまずハグをやめてもらい、お互いに落ち着いたところで――

「……改めて教えてくれ。ルシィは結局どこの誰なんだ？」

俺は謎の外国人美少女ルシィを連れて、近所の公園を訪れていた。

「なんで俺を尾行してた？ なんで俺を知ってる風なんだ？」

二つ並びのブランコにそれぞれ座って、彼女の目的を問いただしている。

「『俺を頼りに来た』ってどういうことだ？ 謎の組織に追われてるから助けて、とか言われても正直困るぞ？ そういう王道展開はもっと若い主人公のもとでやってくれ。おっさんの入り口に立とうとしてる二十六の俺じゃ力になれそうにないし」

「いえ、別にそういうのではありません。ルシィは十万三千冊の魔導書図書館とかじゃないですから、これといってリスキーな助けを求めてはいないのです」

「そういうネタ、イケるんだな……日本のサブカルが好きなのか？」

「もちろんですっ。ルシィは日本が大好きなオタク外国人ですからっ」

「で？ そんなオタク外国人のルシィがなんで俺を尾行していたんだ？」

尋ねると、ルシィは漕いでいたブランコからしゅたっと立ち上がり、くるりと可憐に俺の方を振り返りながら笑顔でこう言った。

「ルシィはですねっ、今日からししょーのもとでお世話になる予定だからですっ」

「……へ？」

「ですから、ししょーがどういう人物であるのか見極めようとしていたのですっ。せっかくですから敬愛なるビッグボススタイルで段ボールをお供にしまして！」

「今日から俺のもとで世話になる……？」

「はいっ、お話が通っていませんでしょうか？」

「いや初耳なんだが……」

間違いなく初耳だった。

しかし外国人少女の受け入れと言われて、まったく身に覚えがないわけでもなかった。

俺の親戚に、数年前から『ホストファミリー登録』をしている物好きな叔父さんが居る。

ホストファミリーってのは要するに、外国人留学生を受け入れる気がありますよ、と意思表示している家庭のことだ。

子供の語学学習に繫がるということで、その叔父さんは率先して外国人留学生を歓迎するようにしていた。

ところで。

ホストファミリーになんらかの事情が生じて留学生の受け入れが急に困難となってしまった場合、そのホストファミリーが代理の受け入れ先として登録している第三者の自宅が新たなホームステイ先となる。これは登録している団体によって違うんだろうが、叔父さんがホストファミリー登録している団体はそういう形式だった。

そして。

叔父さんが登録している代理の受け入れ先は――俺の自宅なのだ。

俺と叔父さんの家が近いという理由から「もしもの時は頼むよ」と言われており――まぁそんな事態はそうそうないだろうと考えて、俺は気軽にOKを出していたのだ。

「そういや叔父さん……数日前に急な仕事の都合で家族ごと引っ越したんだよな……」

この子を受け入れる寸前で引っ越してしまったってことなのか？　急な転勤だとは聞いていたが、それならそうと新たな留学生の話も事前にしといてくれよ叔父さん……。

「あの、ご理解いただけましたか？」

「……君は俺と違って事情を理解していたわけだな？」

「はい、ルシィには元のホストファミリーさんから事前にご連絡がありましたので」

ルシィには連絡入れてんのかよ！　俺にも入れとけよ叔父さん！

「はあ……。まぁでも……そういうことか」

ルシィは留学生であり、本来であれば叔父さんの家に住まう予定だったが、叔父さんの急な転勤による引っ越しでそれが難しくなってしまった。

だから代理の受け入れ先である俺が、新たなホストファミリーになった。

そういうこと、であるらしい。

「なるほどな……」

なんとも唐突な出来事だが、緊急時の受け入れ先としてサインしたのは事実だ。

社会人の端くれとして、紙切れ一枚に記名して判を押したことの重さは分かっている。

「よし……なら歓迎するさ」

俺は一人暮らしだが、仕事部屋とプライベートの部屋を分けたいとか色々理由があって2LDKの部屋を借りている。一人程度なら受け入れる余裕はある。いきなり年頃の少女を受け入れることだけが不安と言えば不安だが、まぁなんとかなるだろ。

「あの……ルシィの受け入れ、嫌々だったりしませんか？」

どうやらそういう態度に見られてしまったらしいので否定しておく。

「別に嫌々ではないさ。急ではあるが、作り手として良い刺激になりそうだしな」

クリエイターとは常に刺激の只中に身を置かねばならない——俺はそう考えている。

安寧の日々を享受するだけじゃつまらない。

非日常な経験を積むことが作り手としての研鑽に繋がるはずだと信じている。

「だから、ルシィとの生活は純粋に楽しみでしかないな」

「えへ……そう言ってもらえると嬉しいです。ホッとしました」

不安を取り除けたようで安心したが、俺の方にもこんな心配がある。

「ルシィの方こそ、男の一人暮らしの家に来るのは大丈夫か？　嫌なら近隣で別のホストファミリーを探すことは可能だと思うが」

「——いえ、その点はご心配なくっ。尾行していてししょーが悪い人だとは思いませんでしたし、何よりししょーはゲーム会社勤めだとお聞きしておりますのでっ！」

「ゲーム会社勤めだからどうした？」

「実はルシィはですねっ、将来ゲームクリエイターになりたい人間だったりしますっ！

今回の留学はそんな将来の糧になればと思って画策したモノですので、クリエイターのもとで暮らせるのはラッキーとしか言えなかったりするのですっ！」

「あぁ……もしかして俺をししょーって呼んでるのはそれが関係してるのか？」

「そういうことですっ！　ししょーは尊敬すべき師だと思っておりますっ！」

なるほどな、とブランコから立ち上がり、俺はぼちぼち帰宅を意識しながら呟く。

「まぁ、師として何が出来るのかは分からんが、教えられることがあれば教えるようにするよ」

「では正式に師弟関係ですねっ！　これからよろしくお願いしますししょーっ！」

そう言ってルシィがまた欧米感覚でハグしてきたので動揺しつつも、俺はその背中に軽く腕を回して可愛（かわい）い弟子の爆誕を受け入れた。

その後、ルシィの夕飯を調達するためにコンビニで色々買ってから帰宅した。

ルシィがキャリーケースと一緒にリビングまで上がり込んできたところで、

「そういえば自己紹介がまだだったよな」

俺は自分の名前を明かしていないことに気付いた。

「俺は伊原間創路（いはらまそうじ）ってもんだ。知っての通りゲーム会社でシナリオライターをやってる。ま、改めてよろしく頼むよ」

「ではこちらも改めまして、こほん――ルシィはルシィ＝アルヴェーンと申します。フランス出身の十六歳です。日本では確か、こうして新しくお世話になったりする時はこうしなければならないのでしたよね？」

そう言ってルシィはその場で正座すると、三つ指をついて、

「えっと……なんでしたっけ？　あ――ふちゅちゅか者の生娘ですが、今宵はどうぞルシィを食べてくださいですっ！」

――はいデバッグ案件っ！　何言ってんだこの子っ！

「き、生娘とかそういう紹介は要らないんだよ！　そんな台詞他では絶対使うなよっ！」

「ほぇ？」

「い、いいからほらっ、三つ指もつかなくていいから！　今日からここを我が家だと思って楽しく暮らしてくれればそれでいいから！　なっ？」

「うぃっ！」

うぃ、は確かフランス語で「はい」「イエス」の意だったか。

ルシィが日本語上手いから意思疎通で困ることはないと思うが、念のため軽くでもフランス語を学び始めた方がいいのかもしれない。

そんなことを考えつつ、叔父さんに改めて連絡を取ったりしながら、俺はルシィのホストファミリーとなったのである――。

閑話その一　翻弄してくる天使

「──わっ、トイレが独立してますっ！」

コンビニメシで遅めの夕食を済ませたルシィが、我が家を探索し始めている。

俺もそれに付き添っており、今は一緒にトイレを覗いている。

「フランスだとやっぱりユニットバスなのか？」

「少なくとも我が家はそうでした。ですからアニメなどでユニットバスではない日本のおうち事情を見るたびに羨ましいなと思っていたのですっ！」

男の俺でさえユニットバスはイヤだなと思うところがあるし、年頃の女の子だと更にそう思う部分があるのかもしれない。自国の文化がそうだとしても。

それからお風呂の方に連れて行き、最後にルシィに貸し出す部屋へと案内する。

「じゃあここが今日からルシィの部屋な」

六畳の個室だ。さっきルシィが夕飯食ってる最中に慌てて片付けたがそんなに散らかってはいない。換気したから変な匂いもしないし、俺が以前使っていた折り畳み式のベッド

を設置することで寝床だって用意出来た。不安な点があるとすれば、

「掛け布団やマットレスは俺のお古なんだが、ルシィ的にどう思う……？　洗濯はもちろんしてあるが、気分的にイヤなら新しいの買ってもいいし」

「ちょっと待ってくださいね」

ルシィはそう言うとベッドに近付いてぼふんと寝転がった。そして掛け布団にくるまったり枕に顔を押し付けたりしたのち、

「大丈夫ですっ。ちょっと男性らしい残り香含めて好きですっ！」

と言われてドキッとした。匂いフェチなんだろうか。イヤだと言われずに済んだのは嬉しいが、その反応は予想外過ぎて照れ臭く、俺は顔を背けてしまった。

「へ、変なこと言うなって……それよりお風呂に入るなら入れよ。もう遅いしな」

「ししょーも一緒に入りますかっ？」

「は？」

「日本には裸のお付き合いというモノがあるとお聞きしていますがっ！」

「そ、それは同性同士での話だ！」

「なんとっ。そうなのですね！　ではルシィは一人で入らせてもらおうかなと！」

ぜ、是非そうしてくれ……、と言い返しつつ、俺はルシィの奔放さに疲弊したのだった。

第二話　尖(とが)ったステータスの話

地球に生まれたすべての人類が必ず遊んでいる大人気ゲームをご存知だろうか。

広大なオープンワールドにして多数の人々と繋(つな)がることが出来るＭＭＯの側面も併せ持つそのゲームは『人生』と呼ばれ、世界中の人々に遊ばれている。

しかしこの『人生』、どうにもクソゲーなのだ。

残機がゼロのくせに、セーブ＆ロードも出来ない鬼仕様。

しかもゲーム開始時の環境が人によって変わるので、超イージーモードで始まるヤツも居れば超ハードモードで始まるヤツも居るらしい。

俺が『人生』において一番クソだと思っている部分は、やはりなんと言っても休息システム周りだ。食って寝る。その時間を強制的にでも作らないと死んでしまう。

ホント嫌になるな。その時間分をインプットに使えたら俺はもっとシナリオライターとしての高みを目指せるかもしれないのに。

神様よ、要らん機能を付けるのはユーザーのためにならんのだぜ？　出来ればもっとユーザーに寄り添ったシステムを構築してもらいたかったもんだね。

あるいは、某死にゲーシリーズの如く自由にステータスを割り振らせてもらいたかったもんだ。もしそうだったら俺は生命力に極振りして寝食からの解放を目指していたのに。

その点、現実の俺は良くも悪くも普通のステータスである。

ルシィはどうだろうか。少なくとも外見のステータスは飛び抜けている。中身はまだよく分からない部分があるので判断は出来かねるが、果たして……。


「――おはようございますっ、ししょー！」

翌朝。そんな疑念と共に起床した俺がリビングに向かうと、ルシィはすでに起床済みだった。カウチソファに座ってスマホをいじっていたが、今は俺に向かって弾けるような笑顔を見せてくれている。朝っぱらから心地よいまばゆさだった。

「あぁおはよう……はいいんだが、きちんと眠れたんだよな？」

何気に今の時間はまだ五時半だ。こんな時間に起床済みなのはある意味心配というか。

「その点はご心配なくっ。実はルシィ――ショートスリーパーなのですっ！」

えっへん、と胸を張って明かされたその情報が事実であるならば、ルシィは羨ましいステータスの尖り方をしているわけだが、まぁウソをつく必要はないし事実なんだと思う。

「二時間も寝られれば上等ですので、今日も三時前には起きておりましたっ」

良いなあ。他人より数時間、活動時間が多いってことだ。その時間でゲームしたり映画観(み)たり読書したりするだけで、人より情報量は多くなる。ルシィはゲームクリエイターになるのが夢らしいのだし、インプット時間が多くあるのはアドバンテージだよな。

「ところでしょー、ししょーこそお早い起床だと思いますけれど何か目的が？」

「毎朝走ってるんだよ」

俺はジョギング中のまっさらな頭で今請け負っているシナリオについて考えるのが好きだったりする。大雨でも降ってない限り、早朝のジョギングが日課なのだ。

「なんとっ。ではルシィもご一緒してもよろしいでしょうか⁉　ししょーと同じ生活を送ることで早く仲良くなりたいなと思っておりますのでっ！」

おいおい天使かよ……愛嬌(あいきょう)のステータスも限界突破してるだろこれ。

可愛い弟子から一緒に走りたいと言われて拒否する道理もないので、俺はその申し出を受け入れることにした。ルシィはシューズとウェアを持っていないらしいが、シューズは自前のスニーカーで代用してもらい、ウェアに関しては俺のお古を貸すことになった。

お古のウェアは、ルシィに貸した部屋のクローゼットに仕舞ってある。

早速移動してその部屋のクローゼットを漁(あさ)りつつ、部屋の匂いがなんだか甘い感じになっていることにビビる……若い女の子の消臭効果ってすげえな。

「あった……これな。ちょっとデカいかもしれないが」

ルシィにお古のウェアを手渡すと、彼女はパッと表情を明るくし、

「わっ、ありがとうございますししょー！　早速着替えてみますねっ！」

と、今着ているキャミソールをいきなり脱ぎ始めようとしたのでこれまたビビった。

キュートなおへそがちらりと見えた辺りで俺は慌てて制止させる。

「だああ着替えるなら俺が居なくなってからにしろよ！」

「あわわっ、す、すみませんししょーっ！　ししょーとの空気感が家族みたいで落ち着くのでつい無防備に脱ごうとしちゃいましたっ」

す、すでにそこまで馴染んでもらっているのは大変結構なことだが、その天然な方向に尖った感じは勘弁してもらいたい……昨晩のお風呂へのお誘いなどもそうだったが、保護者としての理性が崩壊しかねんぞ……。

「き、気を付けてくれ……じゃあとにかく、俺も着替えてくるからな」

俺は足早にルシィの部屋をあとにして、気を取り直した。

自室でウェアへの着替えを済ませて、リビングに戻る。

やがてルシィも準備を済ませてリビングに戻ってきたわけだが——

「ま、待てルシィっ！　お前下はっ⁉」

俺はその姿を見て再びビビり散らした。なぜって——俺の貸したウェアだけをだぼっと着ている、言うなれば彼シャツ状態で現れたからだ。白いナマ足がほぼ全開という有り様であり、ほっそりしつつも柔らかそうな太ももに目が行ってしまう。……この姿をなんらかの全年齢向けゲームに実装しようとすれば、昨今のエロ規制に引っかかってリテイクを食らうこと請け合いだろうな。

「下、ですか？　え、ルシィはきちんと穿いておりますけれど」

ウェアをぴらっとめくり、その下のホットパンツを見せ付けてくるルシィ。

その言動が俺の魂を揺らした。

……なんという小悪魔。さっきの天然脱衣未遂といい、今のそれといい、無邪気に性を押し出してくるその感じにものすごく心が掻き乱されてしまう……。

天然な小悪魔か……ルシィは魅了方面のステータスも存分に尖っているらしい。しかも恐らく無自覚にだ。だからこそ警告しておくべきだな……。

「ルシィ……それはよくない」

「ほぇ？」

「もっと長めのモノを穿くべきだな……ちょっと露出し過ぎだ。普通にエロいぞ」

「ふぇっ⁉　そ、そんなに今のルシィは、え、えっちでしょうか……」

「ああ、もしルシィがなんらかのアプリだったとして、俺が林檎社のストア担当だったら審査通さないと思う」

そう告げると、ルシィは自らの下半身に目を移し、ほんのりと頬を赤くし始める。

「そ、そう言われたらなんだか恥ずかしくなってきました……」

「じゃあ着替えてこような？」

「うぃ……そうします」

そんなこんなで、健全化したルシィと一緒に俺はジョギングに出かけるのだった。

「し、ししょー……る、ルシィはもう走れません……」

「まだマンション出て百メートルくらいなんだが……」

ルシィが実はレベル一程度の体力しかないことが発覚した。

ショートスリーパーで、愛嬌があって、天然で、小悪魔で、体力ゼロ。

……この子のステータスは尖り過ぎてて逆にバランスが良いのでは？

ともあれ、俺たちはウォーキングに切り替えることにした。

「ルシィは走るのが苦手なのか？」

「うぃ……ルシィは体力の方にはステ振りをしていませんので……」

「じゃあルシィ的にはどこにステータスを割り振ってるつもりなんだ？」

「恐らくですが……胃袋だと思います」

「胃袋？」

「うぃ。ルシィは食べるのが大好きなので」

そういえば……昨晩はルシィの夕飯をコンビニで買ったわけだが、数種類の弁当やらお菓子やらを購入した挙げ句にぺろりと平らげていたっけ。

割とほっそりしているから大食いのイメージは湧きにくいものの、よく見ると胸のボリュームが結構あるので栄養は全部そこに……？

「むむ、ルシィの胸に何か付いていますか？」

「な、なんでもない……それより、ええと――そうだっ、ルシィはゲームクリエイターを目指してるって話だったよな？　どんなゲームを作ってみたいんだ？」

我ながら急な話題転換だったが、ルシィはそれに乗り気で応じてくれた。

「アクションゲームを作ってみたいですねっ。アクションがたまらなく好きなのでっ」

「へえ、好きなアクションゲームってあるのか？」

「迷いますけれど……直近ですとゴースト・オブ・ツ○マですかね。ニンジャとかサムライが好きなもので。よく遊ぶのはダークソ○ルとかの死にゲーだと思います」

女子とは思えない渋いチョイスだった。ゲームの好みもやはり尖っているらしい。

「そういえばししょーにお聞きしたいことがあるのですけれど」

「あぁ、なんだ？」

「死にゲーのシナリオってプレイヤーの想像に任せるモノが多い傾向にありませんか？多くを語ってはくれないと言いますか」

確かにその傾向にあるかもしれない。

それゆえに考察動画がよくアップロードされていたりする。

「どうして死にゲーのシナリオは多くを語ってはくれないのでしょうか？」

「オンラインマルチが出来るタイプの死にゲーに関して言えば、パブリックエリアが多い影響じゃないか？」

「パブリックエリア、ですか？」

小首を傾げたルシィを横目に、俺は先生気分で言葉を続ける。

「他のプレイヤーとマッチングする攻略エリアのことをそう呼んだりするんだよ。逆にマッチングしないエリアのことはクローズドエリア、ってな」

「えっと……そのパブリックエリアが多いこととシナリオが多くを語ってくれないことにどういった因果関係があるのですか？」

「パブリックエリアではフラグ管理が難しくなるんだよ」

フラグ管理というのは、とある場所でスイッチを押したら別の場所の扉が開く、って感じの一連の流れをゲーム内に実装・制御する作業のことだと思って欲しい。

そのフラグを管理するのは、クローズドエリアでならそれほど難しいことではない。

しかしパブリックエリアでは他のプレイヤーの介入が発生するため、その予測不能な動きによってプログラムに異常が生じる可能性が高くなってしまう。

なのでパブリックエリアにおけるフラグ管理は、クローズドエリアで行なう場合よりも難しく面倒な場合が多く、バグの温床にもなりかねない。

よって、パブリックエリアにはフラグ管理を必要とするNPCが置きにくい。

「ここからが本題だが、NPCが置きにくいってことは、NPCを絡ませたストーリーの魅せ方がやりにくい、ってことと同義なんだよ」

昨今のゲームは、特にオープンワールド系の場合、NPCがクエスト開始地点から主人公に同行しつつ物語を展開するパターンが多いわけだが、アレはパブリックエリアでは実装しにくく、プログラマー的には出来れば避けたいシステムだったりする。

　だからこそ、パブリックエリアが存在するゲームでは、書けるシナリオの幅が必然的に狭まってくる。ナラティブゲームと呼ばれる、経験や体感、体験を大事にしているシナリオ主導のゲームが基本的にオフラインなのは、オフラインの方が色んなＮＰＣを幅広く配置しやすく、自由なシナリオをゲームに組み込みやすいからに他ならない。

「なるほどっ。死にゲーはレベルデザイン的にそもそもシナリオを曖昧にせざるを得ないということですか」

「とはいえ、本当のところは分からないんだけどな」

　技術的な問題は解決しようと思えば出来るものの、曖昧なシナリオの雰囲気を大事にしたくて敢えて多くを語らないデザインにしているのかもしれないし。

「俺はあくまでシナリオライターであって、現役のプログラマーとかエンジニアではないからな。話し半分に聞いといてくれると助かる」

「うぃっ。ですがタメになるお話だったと思いますっ。さすがはししょーですっ！」

　満面の笑みでそう言ってくれるルシィが見れただけで、俺としても話して良かったと思えてくるから不思議だ。可愛い弟子だなまったく。

「ゲームクリエイターとしての勉強をたくさんすることで、早くパブリックエリアにおけるフラグ管理の難しさを体感出来る人材になりたいですねっ」

「あぁ、応援してるから頑張れ」

「うぃっ！　ちなみにですが、ルシィは多くを語らないシナリオって大好きですよ！　考察のしがいがありますからね！」

「だな。語られ過ぎても面白くないってのはあるよな」

ある程度、想像の余地はあった方がいい。

俺もそう思う。

「ですがルシィは極論、ゲームにシナリオは要らないのでは？　と思う人間でもあるのです。バトルシステム等が面白ければシナリオは所詮お飾りなのでは？　と」

「ライターの前でそれ言う……？」

システムが面白ければシナリオがクソでもＯＫ、という人間はたまに居るが、ルシィはまさにその手の人間であるらしい。

ショートスリーパーで、愛嬌があって、天然で、小悪魔で、体力ゼロで、大食いで、ゲームの趣味が渋くて、けれどその割にシナリオはどうでもいい派。

うん、なんつーかまぁ……。

ホント良くも悪くも尖ったステータスの子だな、ルシィは。

閑話その二　更なる尖り

「あっ、ししょー！　ムカデさんが歩いていますよっ！」

引き続きウォーキングを行なっていると、ルシィが道端を這うムカデをひょいっとつまみ上げていた。

「お、おい！　持つなよそんなの！」

「ほぇ？　可愛いじゃないですか」

「いや可愛くないだろ！」

「可愛いですよ、ほら」

「うわぁっ！　虫苦手だからこっちに持ってくるな！」

「はへー、ししょーは虫が苦手なのですか。珍しいですね」

「珍しいのはルシィの方だからな⁉」

この子のステータスはマジで尖りに尖り過ぎてて幾らなんでもヤバい気がしてきた。

ムカデさんバイバーイ、とムカデを手放したルシィに対して、俺は興味本位で尋ねてみる。

「なあ、ムカデが平気ってことは、生き物は大抵イケるってことか？　蛇なんかも」

「うぃ。蛇さんにょろにょろで可愛いですよね。でも苦手な生き物も居ますよ当然」

「たとえば？」

「犬と猫です」

「……おかしくね？」

ムカデと蛇が平気なのにペット二大巨頭がダメってどういうことなの……。

「這う生き物が好きなのです。長い手足があると攻撃される気がして怖いので」

「感性が独特過ぎんだろ……」

基本的に哺乳類はダメってことか。

「じゃあ動物園に誘われても胸は躍らない感じか？」

「いえ、遠くで見る分には別に」

「もうなんなの……」

トマトは嫌いだけどケチャップはイケる、みたいなノリなのか？

いずれにせよ、ルシィはやっぱり尖り過ぎているようだった。

第三話　ダメ人間と朝食の話

「ししょー、朝ご飯は食べないのですか？」

ウォーキングから帰宅した俺たちは、交互にシャワーを浴びたのち、リビングで思い思いにくつろいでいた。時刻はすでに八時を回っているが、俺はリモートワークだし、ルシイは春休み中なので、どちらも別に出かける準備はしていない。

俺は始業時間までインプットとしてのゲームをやるのが日課なので、テレビの前でコントローラーを握り締めて先日出たばかりのＲＰＧを遊んでいた。

「ご飯が食べたいならコンビニでなんか買ってきていいぞ。冷蔵庫になんもないし」

「ししょーは食べないのですか？」

「当たり前だろ。ご飯なんか食う暇があるなら最新のエンタメに触れて知識をアップデートする方が大切だからな」

クリエイターとしての嗜(たしな)みと言えよう。

「ま、待ってくださいししょー。それは多少病的ではありませんか？」

病的だろうか？　朝走って日の光をたんと浴びてる時点で俺は健康優良児では？

「もしかしてししょーはご飯をろくに食べない人だったりしますか？」

「夜は食うよ」

「一食生活ですかっ⁉」

「だって三食も食うのってめんどくさくね？」

夜だけ食ってれば別に死なないし、それの何が悪いというのか。

「朝と昼を抜けば、なんとその時間をインプットに費やすことが出来るんだぜ？」

「だ、ダメですいけませんっ！　その考えは危険ですよししょーっ！」

ルシィは顔を真っ青にしていた。

「ししょーはもしかしなくても生活能力が低い男性ですかっ⁉」

「かもな」

否定はしない。俺は仕事とそのインプットのために生きていたい。だから料理なんてせずに夜の一食はデリバリーか外食だ。もちろん掃除にだって時間を一秒たりとも費やさずに過ごしている。それでも部屋がある程度綺麗（きれい）に保たれているのは、同じマンションに住まう会社の先輩まひろさんが定期的に片付けてくれているからだ。

「だ、ダメ人間じゃないですかっ‼」

「逆に考えれば、仕事に熱心な労働者の鑑だな」

「逆に考えなくていいですっ！　もっと色々と省みないとダメだと思いますっ！」

ＪＫに怒られる大人の図がここに完成していた。――情けない？　いやいや、この怒られ経験もまたシナリオ作りに活かせる重要な体験と言えよう。

「か、かくなる上はルシィがご飯を作って差し上げますっ！」

「え？」

「お金をいただければ買ってきて作ります！　きちんと三食食べさせますっ！」

「ルシィって料理出来るのか？」

「うぃ！　地元の友達とよく食戟をやっていましたので！」

「ど、どういうことだよ……っ！」

ツッコんでたヤツが急にボケるな！　今は俺がボケのターンだろ！

「とにかくですしょー！　予算をください！　美味しいご飯を食べさせることで食事の大切さをしょーに思い出させて差し上げます！」

「へえ。ならやってみせろよルシィ」

俺はルシィに財布を手渡した。

「予算は気にせず買ってきていいぞ」

「うぃっ。今に見ていてください！」

ルシィは俺の財布を預かり、スーパーに出発した。

『ちょっ！　創路くん！』

そんな折、俺の世話焼きお姉様にして先輩社員のまひろさんからラインが届いた。

『なんですか？　今ゲームで忙しいんですけど』

『また朝からゲームやってるの？　まあそれより聞いてよ！　今ゴミ捨て場から戻ろうとしたらものすごく可愛い金髪碧眼の美少女がマンションから出てきたんだけど何アレ！』

どうやらまひろさんがルシィを目撃したらしい。

別に隠すつもりはないので正直に返信する。

『彼女は俺の部屋に住むことになった留学生です』

『ふぁっ⁉　ちょっ、どういうことよ！』

『ホストファミリーになったんですよ俺』

『えぇ……仕事以外ダメ男の創路くんが誰かを養う立場になっちゃダメでしょ……』

『ロジハラはやめてください』

『ま、詳しい話はシナリオ班の朝会でじっくり聞こうじゃないの。じゃ、そゆことで』

……朝会で尋問決定かあ。ヤダなあ。

でも仕事だから回避不可能という……。

はあ、まあいいや。

「──ししょー、ただいまです！」

やがてルシィが帰ってきた。パンパンに膨らんだビニール袋が片手に持たれている。

「早速作りますのでもう少し待っててくださいねっ」

「そういえば何を作るつもりなんだ？」

「和のモノを幾つか、とだけ言っておきますっ」

そう言って手際よくキッチンで下準備を始めていくルシィ。

ここに住み始めて四年目。

ついにまったく使われていなかったＩＨが火を吹く時が来たらしい。

買ったけど未使用だった圧力鍋や炊飯器も取り出されている。

楽しみだな。

◇

「──出来ました！」

数十分後、ルシィが食卓に朝食を並べてくれた。

早炊きされた熱々ご飯。

ＩＨグリルで焼かれた鮭の切り身。

圧力鍋で作られたホカホカの肉じゃが。

今まで使われていなかったキッチンがフル活用され、我が家の食卓が彩られていた。

「ほー……なかなかやるじゃないか」

思った以上に本格的な和食が並べられ、俺は唸っていた。

お手製であるらしいワカメときゅうりの酢の物も追加される。

当然のように味噌汁も出てきた。

「ひとまず、朝食はこんな感じですっ」

「こういうのでいいんだよこういうので、って感じの献立だな」

にしても、料理がマジで得意だったことにビックリしている。

神様は才能の調整が極端なのをどうにかしろよ真面目に。

「まぁでも、味はどうだろうな」

見た目が良いだけの料理という可能性もあるはずだ。

「ふふんっ、味も完璧ですっ。ひと口食べればししょーは食事のありがたみを思い出し、きちんと三食食べたくなってくれることでしょう！」

「自信満々だな。なら、そのお手並み拝見といこうか」

俺は箸を手に取り、まずは焼き鮭からいただくことにした。

焼き鮭は誰が作っても失敗しようがなさそうに思えるが、焼き過ぎて身が固くなってしまう事例が往々にしてあるらしい。あとは塩振り過ぎてしょっぱかったりとか。

しかし焼き鮭をほぐしてみると、じゅわっと油が湧いて出てきた。

う、旨そう……。

朝はそんなに腹が減らないはずの俺が、こいつを早く口の中に運びたくなっている。

俺は骨がないことを確認し、我慢ならないとばかりに焼き鮭を頬張ってみた。

「――っ」

衝撃が全身を駆け巡った。

な、なんだこの焼き鮭……ただの塩味と思いきや、濃い出汁の味がしてやがるぞ。

「ふふんっ。実は焼く直前まで昆布と鰹節のブレンド出汁に浸しておいたのですっ！」

「なん……だと……」

そ、そういうのもあるのか……。

く、悔しい……悔しいがふた口目も食べてしまう。

くそっ、うめぇ――うめぇよ……。

「参ったよルシィ……これには白旗を掲げざるを得ない」

俺はあっという間に自分の負けを認めた。

「――っ。ホントですかっ？」

「ああ、素直に旨いよ。料理の腕前はガチだな」

「やりましたっ！　日本人のしょーに褒めてもらえて嬉しいです！　今までは地元の友人や家族にしか食べてもらったことがなかったので、本場での評価が分からなくって」

「これは素直に誇っていいよ。肉じゃがも――うん、やっぱ旨いし」

続けて味噌汁を飲んでみたが最高に旨い。酢の物も食べてみたがちょうどいい。

完璧だと思う。

「特にこの焼き鮭ホントに旨いんだが。なんかもう一生作って欲しいな」

「――ふぇっ⁉」

ルシィが変な鳴き声を発した。見ると、顔が赤くなり始めている。

「どうした？」

「ど、どうしたって……ししょー、今、とんでもないことをおっしゃられて……」

「え。焼き鮭旨いから一生作って欲しいって変な言葉か？」

それくらい旨いよって意味でしかないんだが。

「に、日本には『毎朝味噌汁を作って欲しい』というプロポーズの言葉があるとお聞きしています！　しょーは今っ、その言葉の亜種を発言なされたのではありませんかっ！」

あー……そういう勘違いをしたのな。

「別にそういう意味じゃないから安心してくれ。普通に美味しいって意味だから」

「そ、そうなのですかっ……うぅ……日本語難しいです……っ！」

早とちりが恥ずかしかったらしく、真っ赤な顔をますます赤らめていくルシィ。

こういう時はこれ以上触れてやらないのが優しさだろうか。

「まぁとにかく旨かったよ。これならインプットの時間を減らしてでも三食食べてもいいって思えるクオリティだな」

「で、では春休みの間は三食きっちり作りますので食べてくださいねっ！」

そんなこんなで、食事のありがたみを分からせられたダメ人間がここに一人誕生した。

やっぱり非日常的な生活は良い刺激をくれるし、俺に新しい扉を開かせてくれる。

ルシィの受け入れは大正解だったと、そう思わざるを得ない朝のひと時なのであった。

閑話その三　家庭事情

朝食を綺麗に食べ終えたあと、俺は始業時間までのゲームを再開し始めていた。

カウチソファに座っている俺をよそに、食卓ではルシィが自分で作った朝食をもぐもぐと食べている。

「なあルシィ、なんでそんなに料理が上手いんだ？」

ふとそんな質問をしたのは、ルシィという少女についてもっと知りたかったからだ。

「調理風景見ててもすげえテキパキしててそつがなかったし、実家がレストランとか？」

「ノンですっ。ルシィの実家はごく普通の一般家庭ですよ？」

「じゃあ料理がちっちゃい頃からの趣味で、やってるうちに上達していったとか？」

それもノンです、とルシィは首を横に振ってみせた。

「ルシィの場合、なんと言いますか……料理をしないといけない環境にありましたので、自然と上達せざるを得なかったと言いましょうか」

「……と言うと？」

「えっとですね、ママが……早くに亡くなっているのです」

——しまった……。

俺はもしかしたら暗い過去という名の地雷を的確に踏み抜いてしまったのでは……？

「ルシィが十歳の時に、ママは病気でこの世を去りました」

けれどルシィはそこまで落ち込んだ様子もなく言葉を続けてくれた……良かった。

「それ以降はパパと二人きりでの生活が始まったわけですけれど、パパは小説家をやっておりまして、まさにしょータイプのダメ人間と言いましょうか」

娘からダメ人間って言われるくらいに生活能力が皆無なのかパパ氏……。

「ですから、ルシィが家事炊事の能力を磨くしかなかったわけでして」

「そういう事情だったか……」

道理でルシィが俺のダメっぷりに的確な対応をしてくれたわけだ。

パパ氏で慣れていたんだな。

「なんつーか……苦労してきたんだな」

「うぃ……円満な家族の幸せを味わえていた期間は、それほどありませんでしたね」

「留学してきたのって、もしかしてパパ氏から逃げてきた部分もあったりするのか？」

「ノンですっ。パパはダメ人間ですけれど、悪い人じゃありませんので。それこそしょーのような感じでして、人当たりはとても良かったりしますっ」

「ま、留学資金とか出してくれてるんだろうし、そりゃ不仲なわけがないよな」

「うぃ。良いパパですよ。ママが亡くなってからも悲しみに暮れずお金を稼いで、ルシィをしっかりと育ててくれましたからね」

「そっか」

「うぃ。ですからルシィとしましては、この留学は絶対に良いモノとしたいのです。そして将来の成功に繋げて、ルシィ自身が家庭を築いた暁には、パパが今ルシィにしてくれているように、自分の子供にしっかりと愛情を注いであげたいなと思っていますっ」

「ルシィはきっと良いママになれるだろうな」

家事炊事がばっちり出来て、その上容姿も優れている。性格も良いし、良妻賢母となるであろう未来しか見えない。

「えへへ……その前にルシィをもらってくれる方を見つけないといけないですけどね」

ルシィをゲットする男が誰になるのかは知らないが、俺はこの天使のような存在に悪い虫が寄り付かないよう、とにかく保護者として支えていこうと思うのであった。

第四話　夢の話

「じゃ、俺はぼちぼち仕事の時間だから」

「うぃっ。お仕事頑張ってくださいねしょーっ！」

なんやかんやと騒がしい始業前の時間が過ぎ去り――午前十時前。

株式会社サイバープロジェクツの始業時間が本日も迫ってきた。

「十三時から休憩だから、それまでお別れってことで。ま、自由に過ごしててくれ」

「では夢のための勉強をしておきますっ！」

夢のための勉強……要するにゲームクリエイターになるための勉強だよな。

ひとくちにゲームクリエイターと言っても業種はたくさんある。

エンジニア、プログラマー、シナリオライター、イラストレーター、３ＤＣＧアーティストなど、他にも色々あるわけだが、ルシィはどれを目指しているんだろうな。

気にはなりつつも始業時間が迫っているので自室に移動し、業務用ＰＣを立ち上げて参加中プロジェクトのSlack（コミュニケーションツール）を開く。幾つかあるシナリオ班チャンネルのうち、俺が所属しているチャンネルを確認すると、すでに朝会(あさかい)用のZoom部屋が立ち上がっていた。俺以外の二人はもう居るようだった。

「うっす。おはようございまーす」

Zoomに繋ぎながらそう告げると、画面に俺ともう二人分のカメラ映像が表示される。

『はい重役出勤。三十秒の遅刻よ創路(そうじ)くん』

そう言ったのはもちろん我らが班長、園宮(そのみや)まひろさん二十八歳独身である。

今日も綺麗な黒髪の美人だが、その見てくれとは裏腹に酒乱で色々とダメな人だ。

でも俺の部屋を掃除してくれる面倒見の良さがあるので、総合的に見れば良い人と言える。早く誰かもらってあげて欲しいんだが、候補はまったく見当たらない。

『先輩いっつもギリギリですやん。ウチなんて十分前から部屋立てて待機しとんのに』

そしてそう言ったのはもう一人のメンバーだった。

コテコテの関西弁を操りながらも、その顔はセミロングの赤毛が目立つ西洋系女子。

名前はエヴリン——エヴリン・シンダーガード。

専門学校からのインターンで来ているまだハタチのライター見習いであり、俺がメンターを務める形で面倒を見ている。両親がアメリカ人ながらも関西生まれ関西育ちの影響で英語が一切喋(しゃべ)れないという特徴を持つ。

「後輩はそういう雑用をこなすのが仕事だからな。俺もまひろさんにはだいぶコキ使われたもんさ」

『何よぅ。優しくしてあげたでしょうが』

まひろさんがすねるように頬を膨らませていた。年甲斐もなく可愛いなチクショウ。

「まぁ美人にコキ使われるのはアリっちゃアリなんで、恨んじゃいませんけどね」

『先輩、そうやっておだてとったら勘違いされて責任取らされますよ?』

「怖いこと言うなよエヴリン」

『あら、怖いってどういうこと?』

まひろさんが真顔でカメラを見据えていた。

『エヴちゃんも、私をバカに出来るのは今のうちだけよ? さっきの可愛らしさが欠けらもない。あと八年経てばあなただって二十八歳になって今の私と同じ独り身アラサーの立場になるんだからね……?』

『は、八年もあればウチは誰かにもらわれとるはずなんで……』

『誰かって誰よ。まさか創路くんのこと?』

『い、いや先輩は別に好みとちゃいますし……私生活壊滅してますやん』

『ぷっ。言われてるわよ創路くん』

「失敬な。俺は仕事とその研鑽に熱心なだけだっつーのに」

『だからその研鑽が特にアカンのですって……始業前も定時後もしてはるんでしょ？』

『まぁでも、創路くんのそういうところが放っておけなくもあるのよね。私が部屋を片付けてあげないと散らかりっぱなしで、まったく……私が居ないと何も出来ないダメな後輩なんだから』

『アカンですよまひろさん……ヒモを養う女の思考してはりますやん……』

まひろさんが悪い男に引っかからないことだけを俺は切に願っている。

『まぁ話を戻して――八年もあれば誰かにもらわれているだろう、っていうその驕りがエヴちゃんを地獄に引きずり込んでいくでしょうね。気が付けば独りでアラサーになってるでしょうから今に見てなさい』

経験者は語った。

『エヴちゃんは間違いなくその素質があるわよ。カメラ越しの部屋を見れば分かるわ』

あらゆる乙女ゲーのポスターが貼られ、フィギュアやグッズも飾られたその室内。

もう見慣れたもんだが、最初に見た時はその物量に圧倒されたのを覚えている。

『べ、別にええやないですか。売れ残ったら売れ残ったでそん時はそん時ですわ』

『良い覚悟ねエヴちゃん。うふ、地獄で待ってるわ』

待ってないで這い上がる努力をしたらどうなんですかね……。

『あ——そういえばエヴちゃんにはまだ言ってなかったけども、創路くんが金髪碧眼の美少女を家に連れ込んだらしいわ』

調整をミスった物理演算エンジンによるオブジェクトぶっ飛びバグみたいに話がいきなり飛んだな……。

『えっと……話が見えんのですけど』

「単にフランスからの留学生をホームステイさせることになった、ってだけだよ」

『えぇ……だらしない先輩がホストファミリーやるのはアカンのとちゃいますの？』

「俺も内心そう思っちゃいるが、すごくしっかりした子だから問題ない」

『ならええんですかね……？』

『そういえばあの子って何歳なの？』

「十六です」

『じゅ、十六⁉　私よりひと回り下⁉』

まひろさんが何やらショックを受けていた。口をあんぐりと開けて映しちゃダメな感じの顔で放心し始めている……そんな顔芸してるから売れ残ってるんですよ多分。

『その子は今どこで何してはるんですか？』

「春休み中だからリビングに居るよ。夢のための勉強をするって言ってたな」

『夢のための勉強っちゅうのは？』

「ゲームクリエイターが夢なんだとさ。でもどの分野を目指してるのかは俺も知らない」

『ま、まぁ……小娘の話はそこまでにしておきましょうか』

小娘呼ばわりになってる……。

『それぞれ今日の業務報告をしたら始業よ。仕事はしっかりとやりましょう』

いつまでも雑談していられないのは事実だ。

俺たちは意識を切り替えて仕事へと取りかかっていくことにした。


「まひろさん。頼まれてた脚本、出来たのでチェックお願いします」

昼休みに入る少し前、俺はZoomを繋げっぱなしにしていたまひろさんにそう告げた。

『え、もう出来たの？　さっき頼んだばかりなのに』

「俺が仕事速いのは知ってるでしょうに」

『先輩ってホンマ仕事だけはすごいですよね』

エヴリンも会話に交ざってきた。

「それは嫌味なのか純粋な褒め言葉なのかどっちだ？」

『ま、どっちもですかね』

『でもそんなこと言ってるけどエヴちゃん、創路くんのこと割と好きなんじゃないの？　メンターの創路くんには仕事でいっつも助けてもらってるんだし』

『い、良い先輩とは思ってますけど異性的な好意はないんで！』

「なんで勝手にフラれてるの俺？」

『まあまあ創路くん、まだ私が居るじゃない』

「………」

『なんでノーコメントなの！　ねえ⁉』

そんなこんなで昼休みを迎えることになる。

◇

弊社の昼休みは十三時から十四時までの一時間だ。

俺は業務用PCをスリープさせてリビングに向かった。

「――あっ、ししょーっ！」

リビングではルシィが何やら分厚い教本を広げていた。

なんの本だ？　オライリー（コンピュータ関連のメディア企業）の教本っぽいな。

……ってことは、プログラミングの勉強か？

「お昼休みですよねっ？」

「ん？　あぁ、その通り」

「じゃあすぐにランチの準備しちゃいますね！」

いつもなら昼食なんて食わずにゲームをやるか本でも読んでインプットを図るところだが、ルシィの朝食に敗北した手前、きちんと昼食を食べるつもりだ。何気に業務中からずっとこの時を楽しみにしている俺が居た。ホントにめちゃくちゃ旨かったからな朝食。

にしても、オライリーのプログラミング教本か……ルシィは将来プログラマーかエンジニアにでもなりたいんだろうか。

「朝の残りモノで大丈夫ですかっ？」

「ん？　あぁ、それでいいよ。出来れば量は多めで頼むよ」

やがて五分と経たないうちに昼食が準備された。

ルシィと一緒に食べ始める。

「あのっ、ししょー——実はひとつ、お願いがありまして！」

食事が進む中、改まった態度でそう言われた。

「どうした？」

「あのですね、こんなお願いをしてしまっていいのかは分からないのですが」

「まぁ言うだけ言ってみてくれよ」

「うぃっ。ダメならダメでしょうがないのですけれど――お仕事の様子を見せてもらうことって、出来ませんでしょうかっ？」

まぁそう来るよな……そんな予感はあった。

だって俺を師として仰いでいる以上、その仕事風景に興味を持たないわけがないのだ。

ルシィはプログラミングを学びたい人種っぽいが、プログラマー職の人間がシナリオ側と協力して仕事を進めるって場面が実際の現場ではざらにある。だからプログラマーを目指しているにしても、ライターの働きを知ることには意味があるだろう。

ルシィもそう考えてその申し出をしてきたに違いない。

「――ダメでしょうかっ？」

ルシィが身を乗り出す勢いで再び尋ねてきたが……率直に言えば難しい。

ゲーム制作には機密事項が多いからだ。

でも「無理だ」の一点張りで退けるのも可哀想（かわいそう）だし……。

「じゃあ分かった……ＰＣから離れたところに居るだけなら見学を許可する」

「よろしいのですかっ？」

「ああ。でも何が見えてもそれは絶対誰にも言っちゃダメだ。いいな？」

「うぃ！　約束しますっ！」

そうして昼休みが終わったところで、俺は自室にルシィを招き入れた。掃除のお姉さんことまひろさんくらいしか入れたことのない一室に現役のＪＫを招き入れるというのはなんだか緊張してしまう。一応、見られて困るモノはない。以前、参考資料として買ったコミックＬ〇をまひろさんに見つけられて偉いことになったからな。教訓は活かしてある。

「わぁ、ここがししょーのお部屋ですかっ。マンガや小説がいっぱいありますね！」

「ま、インプットは幅広くやるのが鉄則だからな」

ゲーミングチェアに座って業務用ＰＣのスリープを解除する。

午後の仕事はシナリオのト書き作成だ。ト書きというのは、簡単に言えば小説を超簡素にした感じの台本ってところだろうか。それに関しての新しい仕事をもらっている。静かにやりたいからZoomは繋いでいない。

俺はソシャゲのプロジェクトひとつと、コンシューマーの未発表大型タイトルのプロジェクトひとつの、計ふたつのプロジェクトを跨いで在籍している人間だ。

現状はどちらかと言えば未発表大型タイトルの方に重きを置いて動いている。

シナリオは最初から最後までほぼ完成しているが、それをより詳細なト書きに落とし込んでいく作業が現在のフェーズと言える。

「ししょーはシナリオを書く作業しかしない感じなのですか？」

「そりゃライターだしな。でも一応Unity（ユニティー）とUnreal Engine（アンリアルエンジン）での制作経験はあるよ」

「なんとっ」

大学時代に色々やっていたのだ。ちなみにUnityとUnreal Engineというのは誰でもダウンロード可能な汎用ゲーム制作エンジンのことを指している。

「ではししょーはプログラミングもイケる口なのですかっ？」

「まぁC++（シープラ）やC＃（シーシャープ）は当然読めるし書ける。Java（ジャバ）とJava Script（ジャバスクリプト）もイケる。あとはPHPを始めとしたサーバーサイドの言語も何種類かはイケるかな」

「すごいですねっ！　ではやろうと思えばプログラマーやエンジニアとしての役割もこなせるということですかっ？」

「一応な」

実際、そちら側のスケジュールが押していて、かつシナリオ側が暇な場合はたまに手伝ったりもしている。

「――素晴らしいですっ！」

ルシィは無垢（むく）な瞳を輝かせながら俺にずずいと迫ってきた。

「ししょーはオールマイティーなのですねっ！」

「オールマイティーってよりは、ユーティリティーだと思うけどな」

万能な存在ではなくて便利屋というか。

「ていうか近いぞルシィ……約束は守ろうな」

「あ、すみませんっ！　以後気を付けますっ！」

遠くから覗くだけならＯＫ、という決まりを思い出したのか、ルシィはサササッと部屋の隅に寄っていく。

俺はホッとした。情報保護の観点で安心したというよりは、キラキラなおめめで良い匂いを振りまく異国の美少女ＪＫが離れてくれたことへの安堵だろうか。

ルシィは俺には強過ぎる光と言えた。

「……そこで大人しく頼むぞ？」

「うぃっ！」

そんな返事を聞きながら、俺は作業に没入していく。

俺のこの姿が少しでも、ルシィの将来の糧になってくれればいいなと願いながら。

閑話その四　ひと回り下の小娘

少しだけ時を遡り――この日の昼休み。

創路の先輩であるまひろは、デリバリーで頼んだつけ麺を一人寂しくリビングですすりながら、今朝見かけた金髪碧眼の美少女について考えていた。

「十六歳……若さあふれる異国出身の女子高生……ふんっ、なんなのよもぅ」

最近、まひろは若さというモノを敵視するようになっている。

よく美人だと言われる見た目をしているが、こうして垢抜けたのは実は社会人になってからであり、つまるところ社会人デビューという遅咲きがまひろの実態である。

学生時代は貞子にちょっとだけ愛嬌を持たせたような見た目をしていたため、モテるモテないの次元にはいなかったと言える。要するに青春を謳歌した経験が皆無なのだ。

その灰色の学生時代を過ごしてしまった点が若さを妬む理由のひとつである。

サイバープロジェクツに入社してからは忙殺され続けてきたため、色恋に耽る余裕もないままに二十八歳を迎えているという点もまた、若さを妬む理由となっていた。

　もちろん本気で妬んでいるわけでなく、羨ましさ半分ですねているだけなのだが。

「しかもあの子、創路くんの部屋にホームステイしてるわけでしょ……くっ、数年来の親交がある私よりもなんでポッと出の小娘が先に同棲出来るのよ……」

　最近は田舎の両親から「いつまで独り身なんだ」とせっつかれているまひろにとって、一番親しい異性である創路は逃すわけにはいかない格好の獲物である。

　最悪逃しても構わないものの、その場合は創路も独身のまま歳を重ねてもらわなければ心中穏やかではいられないため、あの金髪碧眼の留学生はまひろの「死なば諸共作戦」の邪魔になりえる存在かもしれないのだった。

「かくなる上は……偵察するしかないわね」

　あの留学生が創路に対してどんな態度で接しているのか。

　あざとく迫っているのか、それともただの居候的な感覚なのか。

「特に問題ないならそれでいいのよ……仲良く出来ればそれが一番だものね」

　創路の部屋にはよく晩酌で突撃しているので、これからはあの少女と顔を合わせる機会も増えてくるのは間違いない。それを思えば、仲良く出来るに越したことはなかった。

　今後の付き合い方を見極めるためにも、まひろは今夜にでも早速創路の部屋にお邪魔することを心に決めるのだった。

第五話　絡（から）んでくる厄介な先輩の話

「はあ、終わった終わった……これで週末突入か」

定時を迎えたところで、俺はぐーっと伸びをした。調整をちょこちょこミスっていることの人生というクソゲーにおいて、一番幸せな瞬間はこの金曜定時の時間ではなかろうか。

「お疲れ様でしたしょー！　ディナーの準備をしてきますねっ」

「ああ、頼むよ」

定時まで俺の仕事を眺めていたルシィがリビングに向かった一方で、ラインの着信が鳴り響く。まひろさんからだ。なんだろう、と思いつつチェックしてみると――

『留学生の小娘を分からせに行くわ』

ど、どういうことだよ……。

そう思っていると――ピンポーン。

――まさかもう来たのか……？

「ししょー、誰か来たみたいですよ？」

「ああ……分かってる」

　リビングの応答用モニターの前に移動すると、案の定同じマンションに住まうまひろさんが玄関の前に佇む様子が映し出されていた。俺が見ていることを分かっているかのように、ひらひらと楽しげに右手を振っている……はてさて、何を企んでいるのやら。

『あ、創路くん見てるー？　うふんっ、今日もお姉様が来てあげたわよ～♪』

「お帰りください」

『ちょっ、第一声がそれは酷くないっ⁉』

「酷いのはまひろさんの思考ですよ。なんですか小娘を分からせに行くって」

『そ、それは冗談よ。単に小娘ちゃんがどういう子なのか気になってるだけであってね』

「小娘ちゃんて……。ホントですか？」

『ええ、敵情視察ってヤツよ』

「……敵情視察ってなんすか」

　ワケの分からないことを言っているが、帰れと言われて帰る人でもない。

　俺は玄関に向かい、鍵を開けた。

「どうぞまひろさん、開いてますよ」

「お邪魔しまーす」

そう言って中に上がり込んできたまひろさんは、スタイルの良い体にラフな部屋着をまとった格好だった。相変わらず見た目は最高位の黒髪美人だが、片手に五百ミリリットルの缶ビールを持ちながら「ぷはぁ、うめえ」とすでに飲んでいるのが不安だった。

……ルシィと出会ったらどんな化学反応を起こすのか心配になってしまうな。

「はてさて、今朝見かけた超絶美少女小娘ちゃんはどんな子かしらね……私と創路くんの仲を脅かす存在じゃないといいけれど」

ただの上司と部下でしょうが俺たちは……。

「あれ、その方はどなたですか？」

リビングに戻ると、調理中のルシィがこちらを振り返って小首を傾げ始めていた。

「あら、日本語がお上手ね？　私は園宮まひろ。創路くんの……そうね、なんと言ったらいいのかしら……会社の上司、そしてお嫁さん候補ってところかもね」

上司のお姉様が勝手に嫁入りしてこようとする重大なバグが発生してるんだが……。

「なんとっ。ししょーのセンパイさんですかっ？」

いいぞルシィ。お嫁さん候補のところはスルーしてくれ。

「ん？　ししょーって何よ」

まひろさんが俺にジトッとした眼差しを向けてくる。

PREMIUM
BEER
生

「……創路くんってまさか、自分のことをそう呼ばせる趣味があるわけ？」

「ち、違いますよ！　ルシィが勝手にそう呼んでくるだけであって……っ！」

「ふぅん……ま、私は別に創路くんがどんな趣味持っててもいいけどね」

謎に度量の深さを見せながら、まひろさんは次いでルシィに目を向けた。

「で、あなたはルシィちゃんって言うんだ？」

「うぃっ。ルシィはルシィ＝アルヴェーンと申しますっ」

「可愛いお名前ね。今は夕飯を作っているの？」

「そうですっ」

「へえ。ふぅん。ひょっとして……胃袋から摑もうって魂胆？」

「ほえ？」

「ちょっ、一体なんの詮索してるんですかっ！」

油断も隙もねえなこの酔っ払い！　俺はまひろさんの手を引いて廊下まで連行した。

「純真無垢なルシィに変な疑いをかけないでくださいよ！　ルシィが居心地の悪さを覚えたらどうするんですか！」

ホストファミリーの使命は留学生に良き生活環境を提供することなので、悪影響を与えそうな因子は取り除かなければならない。

「だ、だってあの子……私から創路くんを寝取ろうとしてない？」

「してませんし、そもそもどう足掻いても寝取りにはならないんですよっ！」

何度だって言うが、俺とまひろさんは単なる上司と部下、先輩と後輩でしかない！

「大体、出会って一日足らずでそんな感情持つはずがないって分かりますよね？」

「……私は入社したての創路くんに一目惚れしたわよ？」

「な、何言ってるんですか……っ」

酒飲んでるとホントに変なことばっか言ってくるなこの人！　しかも酔い加減としてはこれでまだまだ序の口に分類すべき状態なのだ……泥酔時はもっとべろんべろんになってウザ絡みしてくる。あと二回変身を残しているフリ〇ザ以上の絶望感だと言える。

「と、とにかくルシィは良い子なので変な疑いは持たないようにお願いします！」

「ほーい……」

素直に頷いてくれたまひろさんと一緒に、俺は気を取り直してリビングに戻った。

「二人で何をしていらしたのですか？」

と、ルシィが俺たちを気にかけてきたのは当然だよな……急に居なくなったわけで。

「き、気にしなくていいぞ……なんでもないから」

「ふむ、そうですか」

ルシィは訝しげに眉をひそめながらも、それ以上追及してくることはなくて——なんなら自分の方から話題を変えてくれた。

「ところで、よろしければセンパイさんも夕飯を食べていかれませんか？」

「あら……いいの？」

「別に大丈夫ですよねししょー？　食卓を囲む人数は多い方が楽しいですしっ」

一点の曇りもない、邪気という言葉を知らなそうな瞳でそう言われてしまっては拒否なんて出来ようはずがない。分け隔てなく気遣えるルシィはやっぱり良い子だよな。

「もちろんだ。ルシィの料理でまひろさんをもてなしてやろう」

「決まりですねっ。では腕によりをかけて仕上げてみせますっ！」

そう言ってルシィが調理に集中し始めた一方で、俺とまひろさんは食卓に移動して腰を落ち着かせる。

「確かにルシィちゃん……悔しいくらいに良い子ね。キラキラしててまばゆいわ」

「だから言ったじゃないですか。すごく良い子なんですよ」

「けれども、だからこそヤバいわね……」

「……ヤバいって何がですか？」

「ルシィちゃん自身に邪気がないんだとしても、あの性格の良さ……しかも若くて家庭的……くっ、創路くんのお嫁さん候補にふさわしい強力なライバル、出現だわ……」

はいはい、戯れ言戯れ言。

「でも私にだって負けてない部分はあるのよ……私は料理が苦手だけど、代わりに掃除が得意なのは知っての通りなわけでね」

「掃除ならルシィにだって出来ますよ」

「あっそう。でも私の方が完璧なまでに勝ってる部分があるのをお分かりかしら？」

「どこですか？」

「──おっぱい」

「は？」

「おっぱいは私の勝ちっ」

そう言って胸を張る二十八歳独身をどういう目で見ればいいんだよ。

言ってて悲しくならないのかこの人……。

「……逆に言えばおっぱい以外全敗ってことですよそれ」

「いやいや、経済力も私の勝ちでしょ。私の年収知ってる？　六百万よ？」

「何さらっと年収暴露してるんですかっ⁉」

てか結構もらってんな！

「うふんっ、よければ養ってあげましょうか？」

「け、結構ですよっ！　大体そんなにもらってるならもっと都内の良いところに越したらどうですか？　その方が出会いも増えるでしょうし」

「イヤよ……創路くんに会えなくなるじゃない」

「…………」

あぁくそ……無駄に切なそうな表情で反応に困ることを言わないでくれよ。

「——お待たせしましたっ。今宵はビーフシチューですっ！」

まひろさんの対処に手こずっていると、ルシィの夕飯が完成の時を迎えたらしい。

飲んだくれの戯れ言から逃れたい一心で、俺はそれをいただくことに集中し始める。

しかし週末ということもあり、食事が済んでもまひろさんは俺の部屋に残っていた。自分の部屋から追加の日本酒まで持ってきて、もはや完全にべろんべろんである。

「うぇへへ～、おい小娘……ひっく……」

そんな飲んだくれとルシィが繰り広げる食後の会話を、俺はインプットとしてのゲームをやりながら耳にし始めていた。

「あなたって……ゲームクリエイターになりたくて、ひっく……日本に来たんれしょ？」

「なりたくてと言いますか、その夢の糧となる経験を積むためですね」

「だったら、ひっく……私に何か聞きたいことはないのかしら？　今は気分が良いからなんでも答えてあげるわ」

まひろさんも一応、というか俺よりもよっぽどゲーム制作の現場に関わっている人だ。聞きたいことがあるなら聞いておくべきだろうな。

「ではそうですね……ししょーの社内評価はいかがでしょうか？」

……それ聞いて夢の糧になるか？　まぁそれは何気に俺も気になるけども。

「そーじくんの社内評価はねえ、エクセレントよ……面白い話を書くし熱意もあるし、何かやらかしたこともないし優等生ね……この間も社内の月一表彰でシナリオの面白さを評価されていたし」

「なんとっ。ししょーはやはりすごいのですねっ！」

「ええすごいわよ……恐らくウチのシナリオチーム全体の中でもトップレベルの人材でしょうね。ひっく……流出が怖いわ」

「別にやめるつもりはないですよ」

そんな相づちを入れておく。

「ホントに？　じゃあその言葉を信じておくけど……もし辞めたら泣いてやるから」

「……泣かないでくださいよ」

「ふむ。ししょーが辞めたら泣いてしまうほどに、センパイさんはししょーのことが好きなのですか？」

「当たり前じゃない……だいしゅきよ……ひっく、既成事実を作りたいくらいにね……」

怖い怖い怖い怖い怖い怖い怖い……！

「ししょーは幸せ者ですね。こんな美人に好きだとおっしゃってもらえて」

「俺の今の心境を読ませてやりたいな……絶望とは何かを知れると思うぜ？」

「なぁにが絶望ですって～？　創路くんはホント、先輩に対する尊敬が足りてないわ……」

まひろさんが据わった眼差しで俺を見つめてくる……今度は説教モードかよ。

「まったく……私という存在にちょっとはありがたみを覚えなさいな。隙あらば根詰めてインプットに耽る君を心配して様子を見に来てるっていうのに……ひっく」

様子を見に来てるというか、監視というか、なんならもはや看守というか。

俺が今日は来ないでくださいって言わない限り、ホントに毎日来るからなこの人。

「でもルシィはですね、そうやって頑張っているししょーの姿が素敵だなと思いますっ」

おぉ、嬉しい……ルシィには全肯定甘やかしママになれる素質があると思う。

「ご飯すら抜かして一心不乱にインプットに耽る、というのはほどほどにして欲しいですけれど、その一方で脇目も振らずに研鑽を積み続けるしょーの姿には感服しちゃう部分があったりしますからねっ」

「あっ、それは私もそう思うわっ」

「うぃ！　かっこいいですよねっ！」

「ね〜！」

なんか意気投合してるし……。

ま、喧嘩されるよりは全然いいんだけどな。

◇

「センパイさん、寝ちゃいました」

やがてルシィがそう言って俺の座るカウチソファにやってきた。なんてことない態度で隣に座ってきて、「どうすればいいですか？」と至近距離で顔を覗き込まれる。

「ね、寝かせとけばいいよ……」

あまりの近さに気恥ずかしさを覚え、俺は目を合わせないままそう告げた。

ルシィは「うぃっ」と頷いて、俺の隣に居続ける選択をしたらしい……本当、心臓に悪い娘だ。仮にも女子高生なのに「幼稚園児か」と言いたくなるような距離感で接してくるからな。自分の魅力が分かってないんだとすれば、それはそれで罪だと思う。

「ところでしょー」

「な、なんだよ……」

「しょーが今遊んでいるゲームってウィ〇チャーⅢですよね？」

モニターを眺めながらルシィは言葉を続ける。

「なぜ今更これを？　もちろん名作ですけれど、もう七年ほど前のゲームですよね？」

「あぁえっとな……このゲームはオープンワールドのシナリオを作る上でめちゃくちゃ参考になるからだよ」

俺が今携わっている未発表プロジェクトはAAA（トリプルエー）タイトルとしてのオープンワールドゲームだ。AAAタイトルというのは、ものすごく簡単に言えば数十億円規模の開発費で作られる、全世界で数百万本の売上を見込むことが出来る大作ゲームのことを指す。

そんな大作ゲームの内製チームにライターとして携わらせてもらっている俺は、メインクエストやサブクエストを作る際の参考として色んなオープンワールドのゲームを遊んでいるが、やっぱりクエスト面はウィ〇チャーⅢが一番だなと感じるところが多い。

発売からだいぶ経（た）つが色褪（いろあ）せないコミカルなキャラクターたちや、予想外の結末を迎えるクエストの数々。日本語版においては、ウィットに富んだ台詞回し(せりふまわ)を台無しにしなかったローカライズも最高だと言える。

「いいかルシィ？　日本語にはな、故き(ふる)を温ねて(たず)新しきを知る、って言葉がある。温故知新。要するに昔のことからも今に役立つ有益な情報を得られることはあるって意味だ」

インプットとは常に最新の情報をアップデートし続ければいいだけの話じゃない。

新しいトレンドが必ずしも正しいとは限らないわけで、ただ最新であるという理由だけでそれを信じ込むような人間は論外だろう。

昔は昔で良いところがあり、今は今で良いところがある。

その両取りを目指すのがインプットの正しい形であると俺は考えている。

「だから昔のモノにも出来るだけ触り続けて、そこから学びを得ようとしてるわけだ」

「はえ〜、すごいですね！　ししょーは本当に勉強熱心ですっ。努力をし続けられるのはそれだけで才能だと思いますから、本当に尊敬しちゃいますっ！」

全肯定最高……。いつか本当にママと呼ばせてもらいたいもんだが、そのシチュはさすがに引かれるだろうから諦めよう。

「ルシィもししょーのように努力の天才になれるでしょうかっ？」

「その点は心配要らないと思う。将来を見越して留学しに来たその行動力自体が、すでに努力の証(あかし)かつ才能だろうしな。間違いなくルシィには素質がある」

「――っ。本当ですかっ？」

「ああ、きっと俺以上になれると思うから、インプットすることを怠らないように頑張ってみてくれ」

そう告げると、ルシィはやる気に満ち満ちた表情で胸の前でむんと両手を握り締め、

「ししょー以上になれるだなんて恐れ多いですけれど、とにかくがむしゃらに色んなエンタメを履修して引き続き将来に備えていこうと思いますっ」

と宣言してくれたので、俺は無性に嬉しい気分となった。

「その意気だ。悩みがある時はいつでも頼ってくれていいからな」

曲がりなりにも俺は保護者だ。

ルシィのために出来ることがあれば協力させてもらおう。

「……うぇへへ～……そーじくん抱いて～～……」

唐突に轟(とどろ)いた飲んだくれの寝言については、綺麗(きれい)さっぱりと聞かなかったことにした。

閑話その五　陰キャぼっちフレンズ

三月下旬を迎えたとある日の夜。

就寝前のその時間、俺は自室にてスマホのFPSバトロワをやっていた。スマホでFPSというのは正直チープな操作性ではあるが、気晴らしでやる分にはちょうどいい。

そして一人でそれをやっているわけではなくて、一人のフレンドとデュオを組んでバトロワをやっている。そのフレンドというのはルシィやまひろさんではない。

俺には訳あって知り合いとなった陰キャぼっちのJKが一人居て、そいつと一緒に遊んでいるところである。そいつとは一年近い付き合いがあって、直接会って話す機会はさほどないんだが、時間が合えば割とこうしてゲームを一緒にプレイする仲ではあった。

「なあ、お前に頼みがあるんだけどさ」

ゲームを進めながら、俺はボイチャを繋いでいるそいつに話しかけた。

『……断固拒否』

「まだ何も言ってないだろうが！」

『推察……。どうせろくでもない頼みだというのは分かってる』

「ろくでもなくないっつーの」

『……じゃあ何？』

興味を持ってもらえたらしいので、俺は早速要求を告げた。

「新学期が始まったら、学校で動向を観察してもらいたい女子が一人居るんだ」

『意味不……。要求がキモ過ぎて吐きそう』

「た、確かにいきなり頼むにはドン引きする内容だったかもしれないが、変な誤解はしないでくれ。いいか？　お前と同じ高校に新学期から留学生が編入することになってるんだよ。その子が学校に上手く馴染めてるかどうか、初日に観察して欲しいってだけの話だ」

『疑念……。なんで留学生の編入情報を、創路が掴んでるの？　その留学生は……創路と何か関係があるの？』

「ああ。一週間くらい前から、俺がホストファミリーとしてその子を受け入れてる」

『……は？』

「だから保護者としてその子が学校で無事にやってけるか心配してる部分があってな」

『……そんな話……聞いてない』

「ホストファミリーのことか？　そりゃ今言ったわけだしな」

『確認……。創路は……その留学生と同棲してる、って認識でOK？』

「同棲って言い方はなんかアレだが、まぁそういうことになるわな」

『ふぅん…………………………………………………………………キモ』

随分と溜めた「キモ」だな……どこに不機嫌になる要素があったんだよ。

『……マジでキショい』

「そ、そこまで言われるほどのことじゃないだろ！　いいかとにかくっ、キモくてもなんでもいいからお前にはその子の編入初日の様子を観察してもらいたいんだ！」

『……めんどい』

「そう言わずに！」

『報酬次第……』

「じゃあギフトカード五千円分でどうだ！」

『……やる』

なんて現金なヤツだ……あげるのはギフトカードなのに。

なんにせよ、これでルシィの学校生活を間接的に見守れるのだからヨシとしよう。

「じゃあ頼んだぞ？」

『……任せて』

第六話　ニンジャの話　前編

ルシィが創路のもとで暮らし始めてから二週間が経った。

暦は変わり、四月。

ルシィは一日中創路の家で過ごすという生活にピリオドを打っており、新たな学校生活を開始している。

ルシィの編入先はミッション系の私立女子校であり、男子は存在しない花園だ。

案の定と言うべきか、留学生のルシィは二年生クラスへの編入初日であるこの日から早くも注目を集めており、昼休みの現在は新しい友人たちに取り囲まれていた。

「ねえねえ、ルシィってなんで留学しに来たの？」

「オタク文化を学んで将来に役立てるためです！　ルシィは将来ゲームクリエイターになりたかったりしますっ！」

おお～、と感嘆の声が上がる。

「どんなゲーム作りたいの？」

「悩ましいですが、ニンジャのアクションゲームですかね」

日本が誇るあらゆるアイコンの中でルシィが一番好きなモノは忍者である。

侍と甲乙付けがたい部分はありつつ、しかし忍者の雰囲気が最高だと思っているのだ。

「そういえば皆さんにお聞きしたいことがありまして」

「んー、なにかな？」

「ニンジャにはどうすれば会えるのですか？」

直後——え？　という空気が場に蔓延し始めた。

ルシィは鋭敏にその変化を感じ取る。

「ほぇ？　ルシィは今何かおかしなことを言いましたでしょうか……？」

友人たちは困った表情を浮かべながら、

「そ、そういうわけじゃないけど……」

「……ねえ？」

「あのねルシィちゃん、忍者ってもう居な——あ痛っ」

「バカ。余計なこと言わなくていいから」

ルシィが忍者の現存を信じ込んでいるピュアな性格であることを察した友人たちが、ルシィのそんなピュアさを守ろうとする空気を醸成し始めていく。

そんな中、当のルシィは友人たちの気遣いに気付かないまま、

「もしかして皆さんがニンジャだったりしませんか？　女子高生という属性は世を忍ぶ仮の姿に過ぎず、実は人知れず工作任務を行なうクノイチであるとか！」

「さ、さあどうだろね？」

「も、もしそうだったとしても言えないかな～」

「あのねルシィちゃん、忍者ってもう居な――あ痛っ」

「重ね重ねマジレスしようとすな」

友人たちはもはやピュアなルシィを守ることに必死だった。

当のルシィは引き続きそんな空気に気付かないまま、

「ふむ……ニンジャにはそう簡単には会えないという認識でＯＫですか？」

「そ、そだね」

「け、結構難易度高めかも」

「あのねルシィちゃん、忍者ってもう居な――あ痛っ」

「あんたマジでやめいっ」

さっきから一人の友人が何度もはたかれている姿が気になりつつも、ルシィの意識はまだ見ぬ忍者へと向けられていた。

（ふむ、どうすれば会えるのでしょうか……）

忍者との出会い方については創路にもぼかされていたりする。

ルシィは知るよしもないことだが、それはもちろんルシィの夢を壊さないためのぼかしであり、当のルシィが今もなおピュアさを維持出来ている時点でそのぼかしは成功していると言えた。

しかし周りの気遣いによってピュアさが維持されているからこそ、ルシィの忍者に対する想(おも)いは尽きることのない永久機関状態に突入している。

（とにかく諦めずに、長い目でニンジャを探してみましょう！）

そんな意気込みと共に、やがて放課後を迎えることになった。

◇

「じゃあねルシィ、また明日〜」

「うぃ！　また明日ですっ！」

そんなわけで放課後。友人たちが部活やらなんやらで先に教室から出て行く様子を、ルシィは手を振りながら見送った。

（さてと、ルシィはどうしましょうか……）

部活への勧誘話が方々から来ていたりするものの、ルシィとしては自分の時間を大切にしたいので部活に入るつもりはなかった。

（もしかしたら学校にニンジャが潜んでいるかもしれませんし、下校する前にちょっとだけ校舎を探索してみましょうか）

そんな考えと共に教室から出て、廊下を歩き始めたその数分後――

（むむ……？）

なんだかジッと見られているような感覚を覚え、ルシィは立ち止まって振り返る。

まだ居残っている生徒が大勢居るし、ましてやルシィは目立つ存在なので、注目を浴びるのは当然のことだ。しかし今感じた視線はそういうたぐいのモノではなかった。

好奇の視線ではなく、ハッキリと何か目的を持って見られているような……。

とはいえ、それらしき傍観者はどこにも確認出来ない。

（気のせいでしょうか……）

そう考え、ルシィは再び廊下を歩き始めるが――

（……やっぱり気配を感じます）

絶対に誰かが観察している。それは間違いない。

(も、もしやニンジャなのでは……？)

ルシィはハッとした。

(ニンジャに会いたがっているルシィの意を汲んで「仕方ないな」と会いに来てくれた優しいニンジャさんが近くにいらっしゃるのでは……っ⁉)

そんな都合のよい思考に支配されていくルシィ。

足を止めて振り返り、改めて視線の正体を捉えようとする。

(──むむっ)

その時だった。廊下の陰からこちらを見つめていた誰かが、ルシィの振り返りに合わせてスッと身を引いて走り出したことに気付く。

(きっと今のがニンジャさんです！)

ルシィもすかさず走り出し、ニンジャと思しき存在を追いかけていく。

人影はやがてひとけのない校舎の隅で足を止めた。

ルシィは奇しくも追い詰めたことになる。

「ふっふっふっ、もう逃げ場はありませんよニンジャさん！」

追い詰めた人影は初めて見かける女子生徒だった。

どこか陰のある雰囲気の、けれど可愛い顔をした長い黒髪の少女である。

ともすれば小学生と見紛いそうなほどに小柄な体軀。

そんな彼女はふぅと呼吸を整えながら、

「確認……。忍者って、なんのこと？」

「あなたのことです！」

「否定……。あたしは別に、忍者じゃない」

「誤魔化す必要はありません！　ニンジャに会えないルシィを慮り、こうしてひっそりと正体を明かすためにここまで誘導してくれたのですよねっ？」

「……ちょっと何を言っているのか分からない」

「えっ⁉」

「名乗っとく……あたしは同じ二年の園宮小春」

ルシィの言葉を一蹴しつつ、彼女はかったるそうに背中を壁に預けてみせた。

「……心配性の創路に頼まれて、編入初日のあなたの様子を観察していたに過ぎない」

「――ししょーとお知り合いなのですかっ？」

よもや創路との接点を持つ同級生が居るとは思わず、ルシィは驚いた。小春にずずいと顔を迫らせて、好奇心を滾らせていく。

「ししょーとはどのような接点がお有りなのでしょうっ？」

「し、至近距離が過ぎる……」

「あっ、すみません！」

「それに……ししょーって何？　そう呼ぶよう、創路に調教でもされたわけ？」

（調教ってなんでしたっけ……）

アニメを通じて日本語を覚えたルシィだが、まだあやふやな部分も当然ながら多い。

（えっと、確か……教え込まれること、を調教と言うのでしたか。であれば、春休み中にはお仕事を拝見させていただき、色々と教えてもらった部分もありますから——）

「——うぃっ、その通りです！　ルシィはししょーに調教されているのですっ！」

「通報……しなきゃ……！」

「なぜ通報を⁉　やめてください！　ルシィが望んだことですからっ！」

「そ、そう……まぁ趣味嗜好は、人それぞれ……」

小春にサササッと距離を取られてしまった。

ルシィは変人だと思われたことに気付かないまま、話題を元に戻す。

「ところで、小春さんはししょーとどのような接点が？」

「……ゲーム仲間」

「はえ〜」

「あと……おねえが創路の上司」

「お姉さんと言うと、もしかしてセンパイさんのことですか？　よく晩酌に来てくださるのですが……ふむ、似てませんね」

「ふん……。ちっちゃくて、悪かったね……」

小春はすねたようにそっぽを向きつつ、

「ともあれ……。あたしは創路の頼みで、編入初日のあなたを観察していたに過ぎない」

「えへ、ししょーはルシィの学校生活を心配してくださっていたわけですね」

それがなんだか嬉しくて、ルシィの心はぽかぽかしてくる。

今日の夕飯はいつもよりも気合いを入れて作ろうと思うルシィなのであった。

「じゃ……もう特に用件、ないよね？　あたしはこれで……失礼するから」

小春が立ち去ろうとし始める。素っ気なく、これ以上は別に話すことなんてないのだと言わんばかりに。小春のことはまだよく分かっていないが、恐らく人との関わりをそれほど持ちたくないタイプの人間なのだと思う。

しかし――

「お待ちくださいっ！」

ルシィは呼び止めた。

小春が「……何？」と足を止めて振り返ってくれる。

「ルシィとしては是非小春さんとお友達になりたいのですがっ！」

創路と繋がりを持っている同級生をみすみす逃す手はなかった。

「物好き……。忍者が好きっぽいのに、陰キャを追い求めてどうするわけ？」

「あ、ウマいですねっ。同じ韻同士でかけ――」

「呑気……。感心してる場合じゃない」

小春はぼそりと呟き、

「……あたしとつるめば、あなたは今のグループからハブられる覚悟をしなければならなくなる」

「ほぇ？　なぜですか？」

「ナードとつるんでいたら、白い目で見られる……海外でもそうでしょ？」

「それは……」

「あなたは今、リスキーな行為に踏み切ろうとしている……そして、そんなリスクを背負おうとするのは馬鹿のすること……」

確かにそうなのかもしれない。

しかしである――ルシィはそれを気にするような人間ではなかった。

「仮にですよ？」

ルシィはそう前置きし、

「現在仲良くさせてもらっている方々が、小春さんと一緒に居ることを白い目で見てくるような方々であれば、ルシィはそんな方々とつるんでいる方が恥だと思う人間です」

「……っ」

「ですから、まったく気にしないでください。是非、お友達になりましょう。そういう目で見られた場合、その時はその時ということで」

「ご、豪胆……。見た目と違って、結構強気キャラ……？」

驚いたというよりは、呆れたような呟きだった。

しかしその表情は——どこか嬉しそうでもあった。

「確認……。それ、本気で言ってる？」

「言ってます」

「端的に言って、馬鹿……。カーストの安定した立場よりも、あたしを選ぶだなんて」

ズケズケ物を言いつつも、やはり小春の表情はどこか嬉しそうであり、だから直後に、

「でもまぁ……ルシィがその気なら、つるんであげないこともない」

そう言って小さく笑ってくれた。

「――ではこの瞬間からお友達ですねっ！」

「でも条件が……ひとつ」

「なんでしょう？」

「学校では極力……話さない感じでお願い。当然一緒に帰ったりもしない……放課後に、なんらかの手段で軽く話す程度の関係、って感じでもＯＫなら、つるむ」

「それはルシィがハブられないように、という配慮でしょうか？」

「は？　う、自惚れないで……あたしは群れたくないだけ。その方が、気楽」

そんなことを言っているが、表情が照れ臭そうなので図星だったのだろう。

自分のせいでハブられたら寝覚めが悪い、とでも思ってくれたのかもしれない。

であれば、そこは口下手であるらしい彼女の意思と優しさを尊重することにした。

「分かりました。そのお気遣い、受け取らせていただきますね」

「だ、だから気遣いじゃない……っ」

恥ずかしそうに呟きつつ、小春はいそいそとスマホを取り出し始めていた。

「か、閑話休題……。それより一応、連絡先は交換……する？」

「是非やりましょうっ」

日本ではラインが主流だと聞いていたルシィは、小春とラインを交換することにした。

「えっと……友だちのなり方って、どうだっけ？　その操作、あんまりしたことないから忘れた……」

「こうですね」

若干悲しい背景を匂わせる小春の言葉をよそに、今日一日で友だちをだいぶ増やしたルシィがやり方を教える。そうして無事に繋がりが出来たところで、

「じゃ……気が向いたら連絡してくればいい。それじゃ」

と言って、小春が立ち去っていった。

（ニンジャには会えませんでしたけれど、それ以上の成果を得られた気がしますっ）

小春との出会いをそう捉え、ルシィは今日のところは下校することにした。

「もしもし、小春さんですか？」

校舎の外に出たところで、ルシィは早速通話を掛けてみた。

『……気、向くの早過ぎ』

「よろしいじゃないですか別に。このままテキトーに会話を続けても？」

『致し方なし……』

というわけで、小春と通話しながらの下校が始まった。

「そういえば小春さんにお聞きしたいのですが」

『……何？』

「ししょーとのお付き合いは長いのですか？」

『……一年程度』

「なるほどっ」

『知り合ったきっかけは……マッチングアプリでの援助交際』

「ふぇっ⁉」

『……という虚偽申告』

「う、嘘（うそ）ということですか……？　んもう……驚かさないでくださいよ」

『……人をおちょくるの、楽しいからつい』

「そ、そんなこと楽しんだらダメですよっ！」

『御免……。でも仮にあたしが忍者なら、卑劣な術をたくさん開発出来ると思う』

「それは誇っていいことなのかどうか分かりませんけれど……しかし、改めて確認なのですが、小春さんは本当にニンジャではないのですか？」

『……違う』

「じゃあ現代日本ではどうしたらニンジャに会えますか？　そもそもニンジャは居るのでしょうか？　ひょっとしたらですが……ニンジャはすでに現存していない、というのが真実だったりしませんか？」

薄々、夢のない現実に気付きつつあるルシィ。

こうして実際に日本を訪れるまで、日本では侍が道を歩き、忍者が屋根から屋根へと飛び移る光景が日常だと思い込んでいたが、まったくそんなことはなくて。

忍者を諦めずに探してみようとは思っているものの、それはもはやダメ元の領域に入り込んでいるのは否定出来なかった。

「小春さん、もしよろしければ遠慮せずに本当のことをおっしゃってもらえませんか？……希望を捨てきれないルシィを楽に介錯していただければと」

『……諦めないで』

しかし――

『……忍者は居るから』

小春からそんな返答があったことによって、ルシィはうつむけていた顔を上げざるを得なくなった。

「ほ、本当ですか……？」

『当たり前……よくよく考えてみて欲しい。簡単に出会えたら忍ぶ者の名が廃ってしまうのだから、簡単には出会えないというだけのこと』

「た、確かにそうですけれど……え、ではルシィがまだ出会ってないだけであって、ニンジャは今もまだ日本に現存しているのですか？」

『と、当然……』

「え、なんでちょっと半笑いなのですか？」

『な、なんでもない……』

実際はなんでもなくはなくて、小春はピュアなルシィをおちょくって楽しんでいた。

けれどルシィはそれに気付かないまま、彼女の意地悪に付き合わされてしまう。

『とにかく、忍者は居る……創路に言えば会わせてもらえるはず……あいつ、忍者の知り合いたくさん居るから』

「ほ、本当ですか⁉ んもう、ししょーは酷い人ですっ！ そのような事実を隠していらっしゃったとは！」

こうして——忍者の現存情報（嘘）を耳にしたルシィは、それを信じ込んでウキウキな気分で創路のもとへと帰ることになった。

第七話　ニンジャの話　後編

「――ししょー！　ニンジャとお知り合いなのですよね⁉」

「へ？」

定時でリモートワークを終わらせてリビングに向かうと、帰宅して夕飯を作っていたルシィがいきなり妙なことを言ってきた。

「なんだって？」

「ニンジャですっ！　日本にはルシィが気付いていないだけで本物のニンジャが現存しているのですよね⁉　そしてししょーにはニンジャのお知り合いがたくさんいらっしゃるのですよね⁉」

……なんのこっちゃ。

「小春さんがそうおっしゃっていましたよ！　迷惑じゃなければ是非お知り合いのニンジャに会わせていただけませんかっ？」

小春の野郎……ルシィと知り合ってくれたのはグッジョブだが、なんか妙なことを吹き込みやがったな。あいつ他人をおちょくるのが大好きな悪趣味陰キャだし。

しかしどうしたもんか……今ここで「忍者なんか居ないぞ」って種明かしをするのは簡単だ。でも出来るだけその夢は壊さないでやりたい。忍者が今もなお居ると信じ切ってしまえるその純真さは、クリエイターを目指す上でアドバンテージとなるかもしれない。ピュアな心でしか生み出せないモノがあるはずだ。

「……忍者の知り合いな」

「うぃっ。いらっしゃるのですよねっ？」

「いっぱいは居ないけど、一人だけなら居るぞ」

さて、これで俺も小春と共犯になったようなもんだな。

「本当にいらっしゃるのですか⁉　さすがはししょー！　いつお会い出来ますか⁉」

「そいつにも予定があるだろうし、ちょっと話してみないと分からない」

「うぃっ！　幾らでも待ちます！　でも出来るだけ早く会ってみたいです！」

「よし……じゃあ今からちょっと連絡取ってみるよ」

というわけで。

俺は『忍者の知り合い』と連絡を取るために自室へ。

その途中にインターホンが鳴ったので玄関に向かうと、まひろさんが今日も晩酌にやってきたところだった。

「お邪魔してもいい？」

「別にいいですけど、ルシィと先に食べててくださいよ。俺は自室で野暮用があるので」

「何かあったの？」

あんたの妹が面倒事を巻き起こしてくれたんだよ、と言いたい気持ちをグッとこらえ、俺は自室に閉じこもった。

「……さて」

忍者の知り合いに連絡を取ろうか。もちろんそんなのは居ないけどな。でも居ないなら作ればいい。俺はライターだ。ルシィを騙し通すシナリオはすでに構築してある。

『エヴリン、今ちょっといいか？　通話を繋げたいんだが』

俺はラインで後輩インターン学生エヴリンにそんなメッセージを飛ばした。

すぐに『ええですよ』との返事があったので、早速通話を繋げることにした。

◇

『もしもしエヴリン、聞こえるか？』

「はい先輩、聞こえとりますよ」

先輩社員創路からの連絡を受け取り、エヴリンは自室で応答し始める。定時後の現在はミシンを稼働させて裁縫を行なっているところだった。実はコスプレが趣味のひとつであり、自分でその手の衣装を作っては着飾って満足しているのである。

『定時後に悪いな』

「いえ、暇しとったんで別に」

都内のアパートで一人暮らし中なので、会話の妨げになるような相手は存在しない。

「ほんで先輩、なんの用ですか？　仕事についての相談か何かですかね？」

『いや、仕事は関係ない。プライベートな頼みがあるんだよ』

「ぷ、プライベートな頼みですかっ？」

エヴリンの心臓が一気に高鳴る。

プライベートでのだらしなさはさておいて、仕事面では頼りになる先輩の創路。

そんな彼を少し気にかけているエヴリンとしては、プライベートに介入出来るという初めてのシチュエーションには心躍るモノがあった。

「で、先輩……頼みっちゅうのは……？」

『その前に確認なんだが、お前って趣味のひとつにコスプレもあったよな？』

「は、はい……それがどうかしはったんですか?」

『忍者っぽいコスプレって出来るか?』

なんでそないなこと聞いてくるんやろか、と気になりつつも、ひとまず肯定する。

「まぁ出来ますけども……」

『そうか。なら今週末、俺の家でそのコスプレをして欲しい』

「!?」

妙なことを頼まれ、エヴリンは混乱する。

(ど、どうゆうことなんやろか……)

コスプレのために家まで来て欲しい、という頼みは尋常ではない。

何をさせられるんだという不安がありつつも、しかし普段は頼りっぱなしの創路に頼られているという嬉しさがその不安を上回っていた。

頼みを聞き入れることを前提に、エヴリンはその頼み事を掘り下げていく。

「えっと……先輩、それはなんのためのコスプレなのか聞いてもええです?」

『簡単に言えば、その忍者コスで喜ばせて欲しいんだよ』

「よ、悦ばせる!?」

高揚状態のエヴリンフィルターにより漢字が誤変換される。

(こ、コスプレで悦ばせて欲しいって……もう完全にいやらしいことされるヤツやん！)

エロい方向に思考が傾いてしまうエヴリン。

(……忍者コスのえっちぃROMを撮らせて欲しい、っちゅう話なんやろか……)

(せ、先輩ってそういう人だったんか……)

(で、でもまぁ、先輩が望むなら別にええかな……)

瞬時に色んな考えが脳裏をよぎっていく。

そんな中、創路の声が鼓膜を震わせた。

『えっと、じゃあそんな感じで今週末来てもらえるか？　足代とかは出すし』

(お、お金払うつもりなんや……やっぱりもう完全にROM撮影やん……絶対えっちぃことされるわ……覚悟決めとかなアカン……！)

『なんかさっきから沈黙多いけど大丈夫か？』

「だ、大丈夫ですけど、ほ、ホンマにウチでええんですか……？」

『当たり前だろ。エヴリンにしか頼めないことだ』

「⁉」

意識している先輩にそう言われてしまっては、エヴリンとしても引くわけにはいかなくなった。

「わ、分かりました。ほな精一杯やらせていただきますんで」

『ありがとな。じゃ、週末はよろしく』

そんなこんなで通話が終わり、エヴリンはふぅと大きく息を吐き出した。

「つ、ついにオトナになる時が来てもうたわ……全身綺麗(きれい)にしとかな……」

エヴリンはその後、金曜の夜に脱毛サロンの予約を入れたのだった。

週末を迎えた。

エヴリンは今日の午後、こちらに着く予定となっている。

可変するフレームレートの如(ごと)く、ルシィが朝からそわそわしていた。

「——ついに今日、本物のニンジャさんに会えるのですねっ」

ミュージカルでもやってんのかってくらいにルシィは俺んちのリビングを落ち着きなく縦横無尽に動き回っている。

「エヴちゃんにコスプレさせるんだっけ?」

素知らぬ顔で普通に週末の我が家に入り浸っているまひろさんが小声で確認してくる。

「私に頼んでくれればくノ一のコスプレくらいしてあげたのに」

「まひろさんはもうルシィに対して身元が割れてるじゃないですか。そもそもまひろさんのコスプレはキツ過ぎるというか」

「あら、なんですって？」

まひろさんが般若じみた表情を浮かべたので謝りつつ、俺は時計とにらめっこ。

そろそろだな。

「じゃあ俺、迎えに行ってくるよ。ルシィはまひろさんと少し待っててくれ」

エヴリンは俺んちの正確な場所を知らないので、駅まで迎えに行かなければならない。

「うぃっ！　楽しみに待ってますねっ！」

そんな返事を背に受けて、俺は外に出た。

駅まで歩いて向かうと、駅前の広場に赤毛の西洋系女子、エヴリンが佇んでいた。

おーい、と片手を上げて呼びかけると、気付いて会釈してくれた。

「よ。じかに会うのは久しぶりだな」

今日は赤毛のセミロングを後ろでまとめ、オサレな黒縁メガネを着用し、カジュアルな私服を身に着けていた。いつもよりなんだか気合いの入った出で立ちに感じる。

「ご、ご無沙汰しとります」

「まぁ週五で画面越しに顔合わせてるわけだし、今更かしこまる必要もないけどな」

「そ、そうですね……」

「なんか緊張してんのか？」

面接前の就活生みたいになってんぞ。

「こ、こういうのは初めてなんで、上手く出来るかどうか不安と言いますか……」

「まぁ大丈夫。俺の指示通りにやってくれればいいから」

「り、リードしてくれはるんですか？」

「ああ」

「あ、あの……初めてでも引かんといてくださいね……？」

「むしろ初めてで良かったよ」

ルシィの夢を壊さないための作戦とはいえ、ルシィを騙すことに変わりはない。

こんな風に誰かを欺くような真似を以前にも経験している方がドン引きだ。

「や、やっぱり男の人は初めての方がええんですね……？」

「え？」

「な、なんでもないですっ」

……なんか話が噛み合ってない感があるのは気のせいか？

「じゃあとりあえず……俺んちに向かうけどいいよな？」

「は、はいっ」

エヴリンを引き連れてマンションまでの道のりを歩き始める。

「そ、そういえば先輩」

「ん？」

「ルシィとかいう留学生の子はどっか遊びに行ってて先輩の家にはおらんのですよね？」

「え、居るけど」

「お、おるんですか⁉　おる中でえっちぃＲＯＭ撮影しはるんですか⁉」

「……えっちぃＲＯＭ撮影？」

ちょっと待ってくれ……何がどうなってやがる……。

「なあエヴリン……」

「は、はい？」

「お前……今日何をすると思ってここまで来たんだ？」

「え？　せやから、その……」

エヴリンは恥じらいの表情を浮かべながら、

「に、忍者コスの……えっちぃＲＯＭを撮りはるんですよね？」

――凄まじい誤解をされてる！

い、幾らなんでもねじ曲がって伝わり過ぎじゃね⁉　デバッグ案件にもほどがある！

「なあ……エヴリン」

「は、はい？」

「……今からお互いの認識を正そうか」

「へ？」

そんな反応を示したエヴリンに、俺は改めて今日の目的を正確に伝えた。

そして正確な目的を理解したエヴリンが、髪色と同じくらいに顔を真っ赤にし始める。

「～～～っ……！」

「に、忍者の現存を信じ込ませる作戦⁉　それならそうとなんでハッキリと言ってくれへんのですか⁉　えっちぃＲＯＭ撮影要素まったくの皆無やないですかっ！」

「そりゃお前が勝手にそう思い込んでただけだからな！」

「うぅ……脱毛サロンに行ってきたウチがアホみたいやないですか……」

実際アホな気もするが……まぁ、俺がきっちりと伝えきれなかったのが悪いか。

「なんつーか……サロン代も報酬に上乗せしとくから許してくれ……」

「いいえ……ほんなら、代金はいらんので今度どっかご飯連れてってください……」

「え？」

「それで許したります……」

「そ、それでいいのか？」

「ええです……二人きりで、ですからね？」

まぁ、本人が納得してるなら別にいいわけだが……。

サロン代よりだいぶ安上がりで助かるが、エヴリンがそれでいいというのが謎だった。

「……そういえばひとつ疑問なんだが、なんでＲＯＭ撮影だと思い込んでたのに来てくれたんだ？」

エロいことされるかも、って思ってたなら普通来ないだろ。

「う、ウチがなんで来たかなんてそんなんどうでもええやないですか！　それよりはよ本来の目的に移った方がええんとちゃいますか⁉」

「お、おう……」

何かを誤魔化すような勢いでそう言われ、俺は面食らいつつも頷くしかなかった。

「こほん……じゃあ改めてだが、ルシィの夢を叶えるために忍者コスを頼む」

自宅にたどり着いたところで、俺はエヴリンを自室に招き入れてそう告げた。

「ほな着替えるんで、先輩はどっか行っといてください」

「ああ。着替え終わったらドアをノックして知らせてくれ」

俺はリビングに移動した。ソワソワ顔のルシィがハッとして迫ってくる。

「――ニンジャさんが到着したのですねっ！」

「ああ、準備が済んだらこっちに来てもらう」

「むふぅ、ワクワクが止まりませんっ！」

……ここまで来たらもはや失敗は絶対に許されない。

嘘を貫き通すしかないな……。

――コンコン。

妙にプレッシャーを感じていると、廊下の方からノックの音が聞こえてきた。

「準備完了らしいな……じゃ、連れてくるからな」

「うぃっ！　お願いしますっ！」

俺は自室に向かった。中に入ると、コスプレ済みのエヴリンが視界に飛び込んできて、思わず「おお」と唸った。上半身は着物と鎖帷子を組み合わせたようなノースリーブ。下半身は和風のミニスカートと短めのスパッツを組み合わせたような格好であり、まぁくノ一として認識出来ないことはない姿だった。

「いいじゃないか」

「ほ、ホンマですか？」

ああ、と頷きつつ、しかし口には出せないが……なんだかエロい。ノースリーブの横からアメリカ産百パーセントの豊満な胸がこぼれそうになっていたり、鎖帷子部分の網目が薄いせいで深い谷間が透けて見えていたり……。

そんな俺の視線に気付いたのか、エヴリンが恥じらうように自分を抱き締め始める。

「ちょっ、どこ見てはるんですか⁉」

「わ、悪いな……俺を操作してる誰かがカメラをお前の胸に向けるんだよ」

「ゲーム脳⁉　そんな言い訳誰が信じると思てはるんですか！」

「と、とにかくだ……忍者感があって良い感じだと思う」

俺は目を逸らしながら告げた。

「あとは忍者の演技だけ頑張って徹底してくれるとありがたい。準備はいいな？」

「……ＯＫです」

「じゃあ行くぞ」

俺はエヴリンを連れてリビングに向かった。

「――Bienvenue‼」

リビングに入ったその瞬間、ルシィが興奮した様子で謎の言語を発した。

多分フランス語で「キタコレ！」的なことを言ったんだと思う。

「なんとっ、クノイチさんだったのですねっ⁉　しかも外国人ですっ‼」

エヴリンを捉えたルシィが、目をキラキラさせながら接近してきた。バグ探しに勤しむデバッガーみたいにエヴリンをあらゆる角度から舐めるように観察し始める。

「す、すごい圧やなこの子……てかまひろさんおるやないですか……」

「ふふ、可愛いから写真を撮ってあげるわね？」

まひろさんはスマホを構えて撮影し始めていた。

先輩からコスプレしろと呼び出され、その姿をまた別の先輩に撮られるの図。

一歩間違えればパワハラ案件な気がする。

「クノイチさんはどこの国のお方なのですかっ？」

「え？　一応アメリカやね……」

「ではUSAらしいド派手な忍術を披露してはもらえませんかっ？」

「おっと悪いがルシィ、緊急時以外の忍術の使用は法律で禁じられてるんだよ」

「なんとっ。では無理なお願いは出来ませんね！」

嘘に嘘を重ねることで嘘を補強する。

この時間はなんとしても無事に終わらせてやるんだ……。

「でしたら別のお願いがありますっ。ルシィもニンジャの衣装を着てみたいですっ」

ルシィの忍者コスは俺も見てみたいところだが、かといってエヴリンが衣装を脱いで貸し出すわけにもいかないだろうし……難しいんじゃないか？

「……着てみたいんなら、一応もう一着持ってきてるんやけど、着る？」

俺の心配をよそに、エヴリンは用意周到だったようだ。ＲＯＭ撮影だと思い込んでいた影響で、絵作りのために別の衣装も持ってきてくれたのかもしれない。

「よろしいのですかっ？　では是非お願いしますっ！」

こうしてルシィもコスプレをすることになり、エヴリンがルシィを連れて俺の部屋に向かった。ルシィの忍者コスは楽しみだ。さぞ映えるに違いない。

「くっ……」

一方で、まひろさんがスマホの画面を眺めながら何やらムッとしていた。

「どうしたんですか？」

「エヴちゃんったら、なんの補正もしてないのに写りが良いのよ……これが若さか……」

……この人事あるごとに若さを憎んでんな。

「──わぁっ、見てくださいよししょーっ！」

まひろさんを慰めながら数分ほど過ごしていると、着替え終わったらしいルシィがリビングに戻ってきて、俺は目を奪われつつも——小首を傾げざるを得なかった。

「それ……忍者か？」

ルシィの現在の格好を端的に言い表すならば、黒いビキニ姿だった。申し訳程度に谷間とか背面の部分に鎖帷子風の網目が施されており、おでこに額当てが巻かれているから忍者っぽくはあるものの、映え方向に振り切り過ぎているというか……まぁ、すごく可愛いしエロいからいいのかもしれないが。

「何を疑っているのですかしょーっ！　もちろんこの上なくニンジャですよっ！　ふふんっ、ルシィの体術をお見舞いして差し上げますっ！　はっ、てやぁっ！」

「や、やめろって！」

カウチソファに腰を落ち着けている俺に近付いてきて、ルシィは色白なおみ足で俺に軽い蹴りを入れたりして戯れてくる。かと思えば俺の膝上に躊躇なく馬乗りになって、

「——忍法こちょこちょの術ですっ」

と、至近距離の真正面から俺の体に指を這わせてくるのだからヤバいにもほどがある。

保護者としての理性を試そうとする新手の拷問かこれ……？

「ちょ、ちょっとルシィちゃん！　何よその密着具合！」

「あ、アカンやろ！　何しとんねんっ！」

まひろさんとエヴリンがルシィの片腕をそれぞれ持って俺から引き剥がしていく。

「ほぇ？」

「ほぇ……じゃないんだよ」

この子は本当に自分の魅力が分かってないんだな……その見た目で人懐っこい犬っころみたいなじゃれつき方をされると心臓に悪すぎる。俺を信頼してくれている証なんだとしても、早く自分の魅力に気付いてやめて欲しいところだ。

とはいえ、そのピュアさを失って欲しいわけではないから難しい問題ではある。こうして忍者の現存を信じ込ませようとしているのだって、結局はピュアなままでいて欲しいからやっているわけで。

まぁ……ひとまず今はまだ、このままでヨシとするか。

「それにしても、外国人のクノイチさんが居るとは驚きましたっ。今日は良い経験をさせていただきまして感謝してもしきれませんっ！」

騙し騙し忍術の話などをしつつやがて三十分ほどが経過した頃、エヴリンがおいとまする時間がやってきた。下手こいて嘘がバレる前に早いところ退散というわけだ。

ルシィはすでに忍者コスをやめており、エヴリンも帰り支度を整えて私服に戻っている。エヴリンのその格好に関しては、世を忍ぶ仮の姿という説明でルシィは納得してくれた。

「まぁ、良い経験になったんなら良かったんとちゃうか」

「うぃっ。よろしければ以後センセーと呼ばせてくださいっ」

「センセー言われてもそないに出来ることはないんやけどな……」

実際は単なるハタチのライター見習いだからな。でも即興で話を組み上げて三十分の間を持たせた辺り、話の構築能力は優秀だ。上司としてエヴリンの評価を上げておくか。

ともあれ、ルシィとエヴリンは最後に連絡先を交換し合い、この場はお開きとなった。

こうして忍者の現存を信じ込ませる作戦は慌ただしくも無事に終わりを迎え、エヴリンは立ち去り、まひろさんも買い物に出かける予定があるとのことで居なくなり——我が家は俺とルシィの二人だけとなった。

「——ふぅ、満足ですっ！」

カウチソファに座ってインプットとしてのゲームをやり始めた俺の隣に、ルシィもぽふんと腰を下ろしてきた。

「ししょーもありがとうございましたっ。ルシィのわがままを叶えてくださって！」

「どういたしまして。なんか学びはあったか？」

尋ねると、ルシィは少し考える素振りを見せたのち、

「そうですね……ニンジャは本当は居ないということが分かりました」

「⁉」

なん……だと……？

「センセーが着ていた衣装、ルシィが着させてもらった衣装、どう見てもコスプレ用でした。あんなに露出の激しい装束では目立ってしまいますし、暗器だって仕込めません。よってセンセーは偽者であると判断し、今日の出来事はししょーがルシィを慮って用意してくれたひと芝居であると考えましたが、いかがでしょう？　そしてそのようなひと芝居を打たなければルシィを騙し通せないということは、すなわちニンジャは現存していないと考えましたが、ここまでの思考に異論はありますでしょうか？」

……やべえ、どうすんのこれ。

ルシィは普通に楽しんでくれていたが、アレは嘘を嘘であると見破った上でノってくれていただけ、ってこと？

無邪気であると見せかけて、実はこの子って……。

「ししょー、ルシィは別に怒ってはいませんからね？　むしろニンジャがやっぱり居ないという事実が分かってスッキリしました。これで現実を知れましたので、ルシィが将来形作るゲームの世界にまたひとつリアリティをもたらすことが出来るわけです」

そう言って濁りのない瞳を俺に向けてくると、ルシィはにっこりと微笑(ほほえ)みながら、

「ですのでししょー、ありがとうございました」

「あ、ああ……ど、どういたしまして」

可愛い笑顔だが、どこか底知れない雰囲気があった。

ピュアであることは確かではありつつ、意外とリアリストでもあるというか、自分が信じたいモノだけを信じ込むようなことはなく、事実は事実として受け止めて、この子は前に進んでいける人間なんだろうな。

……いいじゃないか。

夢見る少女であるのと同時に、現実を見定める眼力も有している。

是非とも――その感性を大事にしてもらいたい。

そう思わざるを得ない、週末の午後なのであった。

閑話その六　約束の食事について

とある平日の夜。

俺はルシィにまひろさんとの留守番を命じて、一人で都心に出てきた。

目的はエヴリンとの食事だ。脱毛サロン代のお詫びとして、二人きりで食事に行く約束をしていたので、今日それを果たす手筈となっている。

待ち合わせ場所のとある駅前広場で俺が待機していると——

「せ、先輩……」

と、横から声を掛けられた。エヴリンの声だった。

なんだか調子が芳しくなさそうな声だったので、心配しつつそちらを見やると——

「え」

そこにはカジュアルな装いのエヴリンが佇んでいたのだが——

「どうもどうも！　自分が創路はん？」

「おおきになぁ。いつも娘がお世話になってはりますわぁ」

筋骨隆々の中年白人男性が一人と、貴婦人じみた白人女性が一人、エヴリンを挟む形で佇んでいることに気付いた。

……何事？

「せ、先輩すんまへん……今日親が結婚記念日の旅行で関西からこっちに来とって、そのついでにウチの様子を見に来はりましてね……」

「……はあ」

「ほ、ほんでこれから先輩と食事に行くゆうたら、未来の旦那様に挨拶しとかなアカン、とか言い出してこうなってしもた言いますか……」

なるほど、それでご両親が同伴状態になってしまったと……。

――いやなるほどじゃないな！

なんだよ未来の旦那様って！

「――創路はん」

その時、筋骨隆々の親父さんが俺の肩をぐわしと掴んできた。

「エヴリンのことよろしゅう頼んますわ」

「い、いや、ちょ、待ってください……！」

「あらあら、照れる必要ありませんさかい。創路さんは将来有望なんでしょう？　この子ったらええ男見つけはったなあ。孫はいつ見せてくれるんやろか」

お袋さんまでそんなことを……！

「いやっ、き、聞いてくださいお二人とも！　俺は別に彼氏とかではないので！」

「おうおう、恥ずかしがらんでもええんやで創路はん。邪魔者は挨拶だけで退散するさかい、娘と存分に楽しい夜を過ごしてくれれば言うことなしや！」

「ほなね〜」

そう言って親父さんとお袋さんが手を振りながら立ち去っていく。

一方、取り残された俺とエヴリンはゆっくりと顔を見合わせた。

「……おい」

「は、はい？」

「誤解……ちゃんと解いとけよ？」

「も、もちろん……」

その後。

俺とエヴリンはイタリアンレストランで食事を済ませ、何事もなく現地解散したとだけ報告しておく。

第八話　アキバの話　前編

「――ししょーっ、お頼み申したいことがあるのですがっ！」

四月も中旬に差し迫ったとある休日のことだった。

「頼み？」

「うぃっ！　実はルシィ、アキバに行ってみたいのですがっ！」

「いつか言われるだろうなって思ってたよ、それ」

ルシィ手製の朝食を食べつつ、俺はそう言った。

「やっぱり行ってみたいもんか？」

「うぃっ！　オタクにとっては夢のような場所ですからね！　実際に行ってみれば学べることもあるでしょうし、それもまたししょーが言うところのインプット、研鑽に繋がるのではないでしょうかっ！」

今日はインプットとして映画を何本か観ようと思っていたが、ずずいと迫り来るキラキラのおめめは明らかにアキバ探訪を期待している様子だった。連れて行ってくれますよね？　という無言の圧力がすごい……まぁ別に良いけどな。

「じゃあ行くか。俺も久々にアキバを見ることで何か学べるかもしれないしな」

「よろしいのですかっ⁉　ありがとうございますっ！」

言わせるように仕向けておきながらそんな風にお礼が言えるのだから、ルシィには悪女の才能がありそうだな。

「あっ──ところでしょー、ついでに小春さんを呼んでも構いませんか？」

「小春も？」

「うぃっ！　学校でいつも独りなのを見ていますので、友達としてはこういう時に誘ってあげた方がいいのかなと思いまして！」

……こういうのを聞くと、ルシィに小春を近付けたのは正解だったなと思う。ルシィにはオタク友達が出来たし、あのぼっちにもこうして気遣ってくれる友達が出来た。

Win-Winだな。

「ああ、別に呼んでもいいぞ。あの陰キャの休日なんてどうせ暇だろうからな」

「うぃっ、ではルシィがお誘いをかけてみますね！」

そんなこんなで俺は出かける準備を整えることにした。

いつもならまひろさんも勝手に交じってくるところだが、あの人は今日、確か休日出勤だったはずだから来られない。三人で出かけることになるだろう。

「ししょー……ちょっとよろしいですか？」

洗面所で髪を整えていたら、ルシィがしゅんとした表情で顔を覗かせてきた。

「どうした？」

「小春さんにお誘いをかけたところ……面倒だからパス、とのお返事が……」

「あいつマジか……」

小春の陰キャっぷりを舐めていたのかもしれない。まさか唯一の友人からの誘いに「面倒だからパス」とかいう最低最悪の選択肢を選ぶとは……。

「うぅ……悲しいです……」

「あいつめ……待ってろルシィ、俺からも連絡してみるからな」

人の心がないのかよあいつには。デバッグ案件にもほどがある。

『応答……』

やがて通話に出た小春はあくび混じりにそう言った。

『創路……なんの用？　あたしは二度寝で、忙しい……』

しちめんどくさそうな声でもあった。

「お前な、さすがに怠惰が過ぎるだろ……」

俺の第一声がそうなるのは当然と言えよう。

「やっと出来た友達からの誘いを二度寝で断るとかお前馬鹿か？」

『英断……。あたしは省エネ主義者……』

「お前の場合省エネじゃなくて最初から電源入ってないだけなんだよ。いいから出てこいって。暇なんだろ？」

『不可思議……。あたしにそんなに来て欲しいの？』

「ああ、ルシィが来て欲しそうにしてる」

『創路は……？』

「俺？　俺も来て欲しいって思ってるぞ。久々に直接会いたいしな」

最後に会ったのは正月だ。そっからはボイチャだけの交流が続いている。

「直接顔見せて元気かどうか確かめさせろ。心配してるんだよこれでも」

俺と小春の関係が始まったのは、実はネガティブなことが起因となっている。

去年、小春という少女は数ヶ月にわたって不登校の状態にあった。理由は単純で、友達の居ない学校生活がつまらなくて学校に行きたくなかったらしい。それを心配した姉のまひろさんが、外部との接触を避け気味になっていた小春への荒療治として俺を紹介し、一緒にゲームをするようになったのが今の関係の始まりだった。

「具合が悪いなら来なくてもいいが、なんでもないなら来てくれよ」

知り合ったばかりの頃はまったく口を利いてくれず、負けイベを攻略しているような手応えの無さだったが、今はそんな態度が軟化し、攻撃が届くようにはなっただろうか。

そうした俺との交流が功を奏した影響なのかは定かではないが、最近は開き直って学校に通い始めた小春。しかし色々と無理をしていないかどうか心配なので、たまには顔を合わせたいところだった。

『保護者ヅラとか、キモいよ創路……』

「キモくて結構だ。いいから来いよ。来れない理由でもあんのか？　あぁ、ひょっとして百四十センチ台のちんまいボディがまったく成長してなくて恥ずかしいのか？」

『……は？』

小春は煽り耐性がゼロだ。

なので挑発して呼び出すことにした。

「ちんまいボディが恥ずかしいってわけじゃないなら来れるよな？　もし来れないならお前はつるぺたコンプ決定だ。はいつーるぺた！　つーるぺた！」

『し、死刑確定……駅で待ってろ。処してやる……』

そう言って通話を打ち切る小春なのだった。

しめしめ、チョロいヤツだ。

「小春のヤツ、来てくれるってよ」

そう告げると、ルシィは表情をパッと明るいモノに変えてくれた。

「さすがはしょーですっ。小春さんの扱いに長けていると見ましたっ！」

「慣れたもんさ。じゃ、駅で小春と合流だ」

「うぃっ！　行きましょう！」

こうして俺たちは最寄りの駅に向かい、手前の広場で小春を待ち始める。

あいつはまひろさんの妹だが、まひろさんと一緒に暮らしているわけじゃない。

まひろさんは一人暮らしで、小春は実家暮らしだ。

「――あ、来ましたよっ」

ルシィの視線を追ってみると、バンギャみたいな私服を着ている小柄な黒髪美少女がこちらに歩み寄ってくるのが分かった。

「到着……。首を差し出せ……セクハラ創路」

目の前で足を止めるなり不遜な表情で俺を見上げ始める小春。

ちんまくて可愛らしい見た目とは裏腹に、態度だけはやたらとデカい陰キャ小娘だ。

グラだけ良いクソゲーみたいなヤツだが、まぁその態度は一応愛嬌の範疇に収まっているとは思う。

「首は差し出さないが礼なら言ってやる。来てくれてありがとな。元気そうで何よりだ」

「ふんっ……創路のために、元気なわけじゃないし……」

目を背けながらそう言われたが、ま、来てくれたならなんでもいいさ。

「小春さんっ、よくぞ来てくれました！　今日はいちだんとおめかしをしているように見受けられますが、やはりししょーとの顔合わせに備えた結果ですか！」

「……は？」

「ししょーとは仲がよろしいようですし」

「べ、別によろしくなんかない……否定。拒絶。言語道断。創路なんて、ウジ虫……」

……そこまで否定しなくてもいいだろ。泣くぞ。

「ルシィだって……創路とラブラブだね、とか言われたらイヤなはず」

「ラブラブかどうかはさておいて、別にイヤではありませんよ？　態度で示すことだって出来ますっ」

そう言って俺の手を摑み取り、恋人繋ぎ的に指を絡め始めるルシィ。

「あっ、ししょーの手、あったかいですねっ！」

なんてことない感じでこういうことしてくるのって怖いな……あまりの可愛らしさに俺

が深刻なエラーコードを吐き出してしまいそうだ。

「ふんっ……ルシィがイヤじゃないなら……別にそれでもいいんじゃない？」

どこか面白くなさそうに、小春はサバサバと歩き出す。

「それより……早く電車に乗るべき」

そう言って駅構内に入り込んでいった。

「ではルシィたちも行きましょう！」

「……お、おう」

すべすべのおててに引っ張られながら、俺は電車での移動を開始した。

◇

「──なるほどっ、ここがオタクの聖地なのですね！」

一時間ほどの移動時間を挟み、俺たちは週末のアキバにたどり着いた。ＪＲ秋葉原駅の中央改札口から外に出て歩いている。さすがにもうルシィと手を繋いじゃいない。

「ふむふむっ、人がたくさん居て、あっちにヨ〇バシがあって、なるほどっ、こういう感じなのですか！」

ルシィはキラキラした表情で視線を巡らせていたが、ふと表情を消して俺を見た。

「オタク感ゼロじゃないですか？」

「え」

「ルシィのイメージとしましてはもっとこう、ぐるぐるメガネとバンダナのお兄さんがメイドを引き連れて闊歩（かっぽ）しているようなイメージだったのですが」

とんでもねえイメージだな。

そんなイメージを実際に想像したのだろうか、小春が隣で「……草」と笑っている。

「あのなルシィ、最近のオタクは小洒落（こじゃれ）てるからそういう魑魅魍魎（ちみもうりょう）が跋扈（ばっこ）することは多分二度とない」

「そんな！　じゃあアキバはただの普通の街じゃないですか！」

「電気街の方に出ればイメージは変わるって。中央改札口でオタク感ゼロって判断するのはさすがに早計が過ぎるぞ」

「むぅ……そうでしょうか？　どの改札から出ようと楽しませてこその観光地なのではありませんか？　冒頭でユーザーを惹（ひ）き付けられない作品はよろしくない、とよく耳にするではありませんか。アキバはそういう状態なのではないですか?」

割と鋭い意見ではあるが、かといって正しいとは思わない。

「いずれにせよ、駅前だけ見てアキバを語るのは浅いと言わざるを得ない――だから教えてやろうじゃないか、濃ゆいほどのオタク文化の真髄ってヤツをな」

「!?」

「そんな舐めた態度のままじゃ素晴らしいクリエイターにはなれないだろうし、謙虚にインプットして良きクリエイターを目指せるように調教してやろうじゃないか」

半端な知識で何かを語られるのは我慢ならない。

これはインプットに命を懸ける者としてのサガだ。

「ふっふっふっ……言いましたねしょー！」

ルシィがにやりと笑う。

「でしたら、是非ともルシィにアキバの素晴らしさというモノを教えていただこうじゃありませんか！　ルシィを満足させるに足る一日となるかどうかが楽しみですねっ！」

「意味不……。なんで対決みたいになってるの？」

小春よ、常識人ぶってツッコミ枠に留まってる場合じゃないぞ。お前には大役がある。

「小春、あとは託した」

「……へ？」

「アキバの各地にルシィを案内してアキバの素晴らしさを教えてやってくれ。必要経費は渡しとくから」

「は？　……創路が教えるんじゃないの？」

「いや、俺はそこの喫茶店で待ってる。サブスクで映画観てインプットに耽っとくよ」

せっかく小春が来てくれたんだし、女子二人で楽しんだ方がいいはずだ。

「ドン引き……。創路ってこういうとこあるよね……」

小春が呆れたように呟く。……な、なんだってんだよ。

「……外出先で待機を選択するとか、将来ろくでもない父親になりそう……」

「友達の誘いをパスしようとしてたお前に言われたかないんだが……大体どういうことだよ。荷物持ちとして付いてこいってか？」

「そうじゃなくて……休日の外出時にもインプットインプットって言い出すそのワーカーホリック具合がおかしいって話」

「おかしいか？」

「おかしいと思えないなら、それがおかしい……ルシィの様子、見てみれば？」

そう言われ、ルシィに目を向けてみると──

「むぅ……ししょー自らが教えてくださるわけじゃないのですか……そうですか……」

先ほどまでのテンションはどこへやら。

ルシィはだいぶしょんぼりとした表情を浮かべ始めていた。

うぐ……これは……。

「……ししょーは実のところ、アキバに行きたいというルシィの頼みを鬱陶しいと思っていらっしゃったのですか……？　家でのんびり映画を観たかったのにインプットの邪魔をしやがって、と煙たがっていらっしゃったのですね……？」

「い、いや待ってくれルシィ……それは違う」

「申し訳ありませんでした……ルシィはダメな子です。うぃ……そういうことでしたら今回は小春さんと二人きりで──」

「ま、待てって！　そうじゃないから！」

ルシィを曇らせるのは本望じゃない。別に俺なんか要らんだろう、って考えが前提にあった上で喫茶店に居座ろうとしていたのだ。来て欲しいというのであれば話は変わる。

「俺も一緒に回った方がいいのか？」

「うぃ……ししょーにも一緒に来て欲しいです。小春さんと二人きりも楽しいと思いますが、三人で回った方がもっと楽しいに決まっていますっ」

「分かった」

そうまで言われてしまっては断れない。

「ならさっきの言葉通り、俺がアキバについて色々教えてやるよ」

「――本当ですかっ？」

「ああ、誰かに教える形でアウトプットすることもまた、知識をモノにする上で欠かせない行動だからな。復習は重要なんだよ」

「結局そういう目的なんだ……ホント創路って……」

小春が再び呆れていたが、一方でルシィは元気を盛り返していた。

「いいではありませんかっ。それでこそしょーというものですっ！　学びに貪欲なその姿勢、ルシィは好きですよっ！」

「でも……ルシィをほっぽり出して喫茶店で映画鑑賞しようとする創路は、イヤなの？」

小春にそう突っつかれたルシィは、恥ずかしそうに怒りながら両手を突き上げた。

「さ、寂しいというだけで他意はありません！　もうっ、小春さんはどちらの味方なのですか！　さっきはしょーを責めていたのに今はルシィをいじってきますし！」

「中立……。あたしは全方位を、おちょくってるだけ」

そう、小春はそういうヤツだ。それも相まって友達が居ない。

「でも小春が他人をおちょくるのは構って欲しいからであって、構って欲しいのは寂しいからだ。そんな寂しがり屋の小春ちゃんは、まひろさん曰く昔は寝る時にぬいぐるみを抱き締めないと眠れなかったらしい。今もそうだとか」

「で、出鱈目……。ぬいぐるみなんて今はせいぜい、飾るだけ」

「へえ、飾りはするんだな？」

「か、閑話休題……。さっさとアキバを、探訪すべき……」

そう言ってぷりぷりと歩き出す小春なのであった。

「自分がいじられるのは苦手なんだよなあいつ……ま、俺たちも行こう。インプット開始だ」

「ふふんっ、はてさてしょー。最初はルシィにアキバの何を教えてくれるのですか？ルシィはちょっとやそっとのことじゃ喜びませんけれど？」

「よし、じゃあ最初はだな──」

◇

「──うひょおおおおおおおお！　ここがラジオ会館ですかあああああああああ！」

数分後。ちょっとやそっとのことじゃ喜ばないはずのルシィは、スマホのカメラでラジオ会館めがけてシャッターを切りまくってテンションを爆上げさせていた。

即オチにもほどがあるだろ……。

「しょーっ、衛星はどこですか⁉」

「……衛星？　あぁ、ここに衛星が突っ込んでたのはもう十年くらい前のことだぞ」

「そんな！」

「ま、あのノベルゲーの聖地は残ってるところも多いし、他にも案内してやれるさ」

「うぃっ。是非ともお願いします！」

「にしても素直なもんだな。ちょっとやそっとのことじゃ喜ばないキャラがもう少しくらいは継続されるのかと思ったもんだが」

「はっ——そ、そうでしたっ！　ルシィはこの程度のことでは満足していませんよっ！　アキバって大したことないなと引き続き思っていますのでっ！」

……無理にそのキャラ作らなくてもいいんだけどな。

「幼稚……。ラジオ会館程度ではしゃげるのって、羨ましい……」

小春が真顔でそう呟いていた。陰キャ特有の水差し発言が来たな。

「あのな小春……こういう時は斜に構えず友達と一緒に素直にはしゃげよ。俺が喫茶店に残ろうとしたことを責めていた割りに、小春の態度もよろしくはないな」

「何を今更……。そんな説教は、求めてない……この性格が簡単に変えられるなら、今頃友達がたくさん居るって話。あたしはこういうヤツ……だからほっといて」

……ぼっち陰キャであることを開き直り、鋼のメンタルと化して不登校を自己改善したのは素晴らしいと思うが、無敵過ぎて強情になるのも考え物だな。

「──小春さんっ、ルシィはほっときませんよ！」

そんな折、ルシィが小春の手を絡め取った。

「今日は是非ルシィと一緒に楽しみましょう！　この時間はししょーがルシィたちに色々と教えて楽しませてくれる手筈となっているわけですから、楽しめなかったらししょーのせいにして構いませんのでっ！」

おい。

「とにかくっ、楽しむ姿勢を見せてください！　最初からつまらなそうにしていたら何も面白くないに決まっていますっ！」

俺のハードルを爆上げさせたのは許すまじだが、その意見に関してはその通りだな。

「確かに……ルシィの言うことには一理あるかもしれない……」

小春もその意見には頷いていた。

「でしたら楽しみましょうっ！」

「じゃあ……もし楽しめなかったら創路、罰ゲームね？」

「だって……楽しませてくれるんでしょ？　だったらそれを為し得なかった場合、罰を背負うべき……」

「は？」

「お、お前な……」

小春は俺を見てニヤリと笑い、

「はてさて……さっさとあたしたちを楽しませてよ、ししょー？」

と、煽るようにルシィのししょー呼びをトレースしてきやがった。

それに続けとばかりにルシィも俺の顔を覗き込み、

「ふっふっふっ。そうですよししょー！　早くルシィたちにアキバの真髄とやらを教えてくださいよ！　もし教えられなかったらししょーは情けない大人ですねっ！」

な、なんだこのメスガキみたいなコンビ……！

――大人を舐めやがって……！

あぁいいだろう、今に見てろ――絶対に楽しませてやるからなっ！

第九話　アキバの話　後編

　そんなわけで、ラジオ会館を離れた俺たちはアキバにある聖地を巡礼し始めていた。

　インプット大好き人間として、俺はこの街に存在する聖地はすべて頭に入れてある。

　某アイドルアニメに出てきたなんちゃら明神だったり、某ノベルゲーに出てきたなんちゃら神社だったり、そういった聖地を見て回り、やがて昼下がりを迎えた頃――

　俺たちは聖地巡礼をひとまず終わらせ、電気街まで戻ってきた。

「ししょーっ、まさかこの程度で終わりではありませんよねっ？」

　ルシィが挑発するように呟いた。

「もっともっとアキバについて教えてもらわないとルシィは満足出来ないのですがっ！」

　お土産を大量に買って俺んちへの配送手配をさっき済ませたヤツが言っていい台詞(せりふ)では決してなかったが、あくまでそのテイを貫くのであれば俺にもまだやれることはある。

「なあ二人とも、メイドになってみないか？」

　俺は次なるプランとしてそんな提案を行(おこ)なった。

「……キモいよ創路……」

「おいスマホ取り出して通報の準備はやめろ！」

俺をデバッグしようとするな！

「ふむ。メイドにならないか、とはどういうことなのですかしょー」

「言葉の通りだよ……アキバには衣装レンタルの店があってな、コスプレした格好で外を出歩けたりするんだ。だからこっからはメイドになってアキバを歩いてみないか？」

「疑念……。それってメイドコスの意味、ある？　普通に探訪するだけでいいような」

「せっかくアキバに来たんだからメイドコスをして欲しいんだよ。別にアレだぞ？　メイド二人と出歩く経験がクリエイターとしての糧になりそうだなあ、とかそういうことを考えてるわけじゃないからな？」

「漏洩……。少しは心に蓋をすべき。何も隠しきれてない……」

確かに心の声がダダ漏れだったな……。

「ふむ。ですがコスプレの経験はルシィとしても将来の糧になるかもしれませんし、これといってイヤだとは思いませんねっ」

お。

「……ルシィ、ホントにやるつもり？」

「無論ですっ。ですから小春さんも是非ご一緒にメイドコスしましょう！」

「だとさ小春。さあどうする？」

「致し方なし……」

　小春はキュートな顔をやれやれと左右に振ってみせた。

「……ルシィだけに、創路のキモくてどうしようもない視線を照射させるわけにはいかない……」

　うむうむ、友達を思いやって同調することを覚えてくれたか。俺がメタクソに言われていることだけが悲しいが……まぁいいだろう。

　そんなわけで、俺たちは衣装レンタルの店に移動した。

「──わっ、色んな衣装がありますねっ！」

　店に到着し、受付でレンタル時間を決めて料金を支払った俺たちは、店の奥へと案内された。するとそこにはメイド服はもちろんドレスであったり着物であったりアニメキャラの衣装なんかも幅広く取り揃えられており、コスの宝物庫とでも呼ぶべき光景が広がっていたので驚いた。エヴリンが居たらさぞ喜んだだろうな、コスプレが趣味だし。

「わぁ～、メイド服自体にも色んな種類がありますよっ！　どれにしましょうかっ！」

　目を輝かせながらメイド服を吟味し始めるルシィ。

「ししょーはどのメイド服が好みですかっ?」

「え?」

「せっかくですからししょーの好みに合わせたモノを着てみようかなと思いまして!」

「やめるべき……そんなこと言ったら、創路にえっちぃの着せられる」

「着させないから安心しとけ!」

確かに胸元がめちゃくちゃ開いていたり丈が異様に短かったりするのもあるっちゃあるし、ルシィにそれらを着させたい気持ちがないわけじゃない。しかしだ、それらを着せて外を歩かせるってことは俺以外の有象無象にもルシィのその姿が見られてしまうってことに他ならない。想像しただけで耐え難い。

保護者としてルシィの露出は控えさせたいところだ——ここは正統派で行く。

「ルシィ、俺はロング丈のが良いと思うぞ」

「うぃっ! 合点承知ですっ!」

ルシィは正統派ヴィクトリアンメイドの衣装を選び、更衣室に向かった。

「意外……。ルシィにえっちぃの、着せなくて良かったの?」

「小春が着てくれてもいいんだぞ?」

「は? ……断固拒否」

「だよな。そもそもちんまいお前が胸元開いてるヤツ着たらギャグだし」

「忠告……。あたし以外の女子に同じようなこと言ったら、嫌われるだろうから言わない方がいい」

「お前は俺のこと嫌いにならないのか？」

「ふんっ……あたしはすでに、創路のことなんて大嫌い……」

……俺そんなにお前の好感度に関する選択肢間違え続けてきたかね？

「創路なんて……さっさとおねえの無駄肉揉んで、責任取らされればいい」

「怖いこと言うなよ……それよりほら、お前も正統派に着替えてこいって」

「言われなくても……分かってる」

ルシィ同様に正統派ヴィクトリアンメイド服を手に取り、小春は更衣室に向かった。

それから少し待っていると——

「——お待たせしましたっ」

ルシィが先に更衣室から出てきたのが分かって、その姿を捉えた直後に——

「えへっ、いかがでしょうかしょー——いえっ、ご主人様っ！」

「！」

天使は——実在するのだと思った。

ロング丈のエプロンドレスをその身にまとい、頭には可憐なホワイトブリム。

ひらひらの裾をつまむように持ち上げながら、くるりとその場で一回転。

キュートな雰囲気を存分に振りまく金髪碧眼美少女メイドがここに爆誕していた。

俺はただ黙ってスマホのカメラを起動し、そして連写した。

「し、ししょーっ、それはどういう感情表現なのですかっ？　何か感想などはっ！」

「ただひたすらに可愛い」

「ふぇっ⁉　……あ、ありがとうございますっ。嬉しいです、とても……」

照れてうつむく様子さえも可愛らしい。良い資料になるぞこれは。

「もはや事案……」

そんな折——

「いい大人がＪＫにデレデレしちゃって、何やってんだか……」

呆れたように呟きながら、小春も表に出てきたのが分かった。

「言っとくけど……あたしのことは撮らないで」

ちんまい体にメイド服をまとわせ、伏し目がちに顔を背けるその姿。

さしずめ、恥じらう黒髪ロリメイドってところか——可愛いじゃないか。

俺は小春にもシャッターを切った。

「さ、最低……。撮らないでって、言ったのに……」

「悪いな小春、インプットのためだ」

「インプットが免罪符になると思っているなら、大間違い……」

そんなことを言う割りには、その後も大人しく撮られ続けてくれる小春なのだった。

……こいつに関してはホント、素直なのか反抗的なのかよく分からないな。

ともあれ、二人のメイドを引き連れてのアキバ探訪が再開された。

いいなこれ。メイドを侍(はべ)らせて歩く中世の上流階級の気持ちを書き記す時にこのインプットは生きてきそうだ。……言ってて思ったが限定的過ぎるな。

「羞恥……。これは思った以上に、恥ずかしい……」

道行く人に興味本位で見られるからか、小春は顔を真っ赤にしていた。

対するルシィは平常時でも注目を浴びやすいからだろうか、見られることには慣れている様子だった。

「さてしょーっ、ここからはアキバの何を教えることでルシィを楽しませてくれるのでしょうかっ！」

「例のアレだよ」

「むむ？　そのようにぼかした言い方をしてルシィに結構な期待を持たせてしまって大丈夫ですか？　ハードルを上げれば上げるほど苦しくなるのはしょーの方ですよ？」

「まぁ、付いてくれば分かるさ」

俺は二人をとある場所に連れて行く。

やがて幾つもの自販機が立ち並ぶスペースにたどり着いたその瞬間――

「こ、これはまさか……っ！」

ルシィはハッとした表情でダッシュし、ひとつの自販機にすがり付いた。

「――お、おでん缶！　おでん缶ではありませんかっ⁉」

「そう。アキバと言えばやっぱこれだろ？」

「うぃっ！　うぃっ！　さすがですしょー！　よもやルシィとおでん缶を邂逅させていただけるとはっ！」

ルシィは興奮した様子で自販機に頬ずりしていた。

「……出来れば他人を装いたい、はしゃぎっぷり……」

「その格好してる限りはコンビとして扱われるだろうから諦めような」

　小春を諭しつつ、俺は早速三人分のおでん缶を購入し、みんなで腹を満たした。

「ふぅっ──おでん缶っ、良きモノでした！　ですがししょーっ、ルシィはおでん缶だけでは物足りませんっ！」

　以前自らが言っていたように、実はお腹のインプットが大好き系女子のルシィ。

　見た目以上によく食べるので、昼をしっかりと食べれてない現状は不満だろうな。

「満腹……。あたしはおでん缶だけで、割とお腹いっぱいだけど」

「ダメですよ小春さん！　おでん缶程度で満たされる胃袋だからこそ体全体に栄養が行き渡らずミニマムなのです！　男性はいっぱい食べる君が好きなのですよねししょー！」

「まぁ、ある程度食べてくれた方が安心感はあるかもな」

「ふぅん……じゃあ別に食べに行ってもいいけど……追加で何を、食べるわけ？」

「アキバならではの場所でオムライスを食べようと思う。──この意味が分かるか？」

「──っ、メイド喫茶ですねししょーっ！」

「その通りだ」

　アキバに来ておきながらメイド喫茶に立ち寄らないとか、そんな観光あっていいはずがないからな。

◇

「――いらっしゃいませっ、ご主人様♪」

近隣のメイド喫茶に向かうと、早速メイドさんによるお出迎えがあった。

テーブル席に案内された俺たちは、目当てのオムライスを注文する。

割とすぐにオムライスが届けられたところで――

「ご主人様っ、オプションはいかがなさいますか？」

――曰く、ケチャップ文字や美味しくなるおまじないは有料オプションなのだとか。

それくらいタダで頼むよ、と思ってしまうが、まぁ商売だから仕方ないのか……。

「俺は遠慮しとくけど、ルシィと小春はどうする？」

「不要……」

「ルシィはお願いしたいですっ！」

オタク文化に興味津々なルシィだけがオプションを行使することになった。

「ではお嬢様っ、デコらせていただきますね～☆」

メイドさんがルシィのオムライスに可愛いケチャップ顔文字をデザインし始めていた。

そして「美味しくな〜れっ！　萌えっ、萌えっ、キュン☆」という使い古されたおまじないがルシィのオムライスに掛けられた。

「ではご主人様方っ、ごゆっくりお過ごしくださいませ〜☆」

そう言って立ち去っていくメイドさんを尻目に、俺はヒソヒソと尋ねる。

「なあ……ルシィ的には今ので満足感を得られたのか？」

「うぃっ、充分です！　それだけの価値があったのかどうかは分かりませんけれど、貴重な体験には変わりないですからねっ！」

ま、お祭りの屋台みたいなもんか……その場の雰囲気込みでの割高料金的な。

「じゃ、とりあえず食べるか」

ケチャップ自体は無料なので、俺は自分でオムライスを彩ろうとする。

——と、

「あ——ししょーっ、お待ちください！　ルシィがやりますっ！」

俺の手からケチャップを奪い取り、ルシィは俺のオムライスに『ＬＯＶＥ』とケチャップ文字を書き記してくれた。え、ちょっと待って……これタダでいいのか？　店内の割とレベルの高いメイドさんたちをも凌駕する可愛さなんだぞこの天使。

「疑問……。なぜ『ＬＯＶＥ』？」

「なぜって、ルシィはししょーをお慕いしておりますのでっ」

そうは言っても、どうせ『LOVE』と記しつつ意味合いとしては『LIKE』なんだろうが、それでも嬉しい言葉に違いはないな。自然と顔がニヤけてしまう。

「デレデレ創路……キモ」

なんでお前は不機嫌になってるんだよ……。

「――小春さんっ、そうおっしゃらずに小春さんもししょーに何かしてあげたらどうでしょうかっ！　休日にルシィたちの相手をしてくれているお礼にです！　たとえば美味しくなるおまじないをやってあげたらどうでしょうかねっ？」

「は？　断固拒否……。あたしなんかに何かされても、創路は別に喜ばない」

陰キャにありがちな低い自己肯定感の表れだな、その台詞は。

「あのな、なんでお前が俺の気持ちを勝手に決め付けるんだよ」

「じゃあ……あたしに美味しくなるおまじないされたら嬉しいの？」

「嬉しいぞ」

「っ！　き、キモ……吐き気がする……」

……こいつは俺を悪く言うことしか出来ないんだろうか。

「ふんっ……とにかくやらないったらやらない……」

小春は結局、そっぽを向いたままオムライスをハグハグと食べ始めてしまった。

おまじないをやってくれるつもりはなさそうだな。まあ別に良いけどさ。

「むぅ、仕方ありませんね——では、友人の非礼はルシィの非礼ということで、ルシィがお詫びにやらせていただきますっ」

「え？」

ルシィは俺のオムライスめがけて指でハートマークを作ったのち——

「——美味しくな〜れっ。萌えっ、萌えっ、キュン☆」

「————」

「えへっ。これで小春さんの非礼は許してくださいねっ、ご主人様♪」

……許しますとも。

◇

というわけで、存分にメイド喫茶を堪能したのち、俺たちはアキバ探訪を続けた。

やがてメイド服の返却時間が迫ってきたので、返却しに向かう。

気付けばもう夕暮れが近付いていた。

俺たちはアキバ探訪のシメとして、最寄りのゲーセンでクレーンゲームの景品をお土産がてらゲットすることにした。

「疑念……。最後の最後に、アキバじゃなくても出来ることやらすの？」

「クレーンゲーム自体は確かにそうだな」

小春の言葉にはトゲがあるものの、言ってること自体は正しいツッコミだ。

「でもアキバ限定景品ってのが割とある。それをゲットするシチュもまた――」

「インプットに繫がる、ですね？」

「分かってきたじゃないか」

そんなわけで、俺たちはアキバ限定景品に目を付けてクレーンゲームを開始した。

「うぐ……まったく引っかかってくれませんっ！」

ルシィは某呪術アニメの限定ぬいぐるみを狙っているようだが、まるで手応えがなさそうにしていた。俺と小春は傍観中だ。

「創路は……クレーンゲームって、得意？」

「まああだな。昔彼女を喜ばせるために景品のぬいぐるみを狙ってたことがあってな、それを獲るために何回もやってたらコツを摑んだ感じはある」

「創路って……彼女居たの？」

「学生の時にな。今は知っての通り居ない」

「ふぅん……」

小春がなぜかムッとした表情で目を逸らしていく中、ルシィが俺にすがり付いてくる。

「であればヘルプですっ、ししょー！　腕前を見せてくださいっ！」

「よし、任せとけ」

俺はルシィと入れ替わりで筐体の前に移動し、小銭を投入した。

アームのクセなんかはルシィのプレイを見て学習しているつもりだ。

「欲しいぬいぐるみはどれだ？」

「ししょーに獲っていただけるならどれでも構いませんっ！」

であれば、面白いことが出来そうだ。

ダブル獲りを狙えそうなポイントがある。

俺はそのポイントめがけて二本爪のアームを動かし――

「むむっ……おおっ――なんとっ！」

ルシィのエキサイトする声に合わせて、ふたつのぬいぐるみを吊り上げるに至った。

「すごいです！　これはししょーの秘技ですねっ！」

排出口に投下されたふたつのぬいぐるみを取り出し、俺はルシィに見せ付けた。

「結構やるだろ？」

「うぃっ！　さすがですししょー！」

「じゃあプレゼントだ。どっちが欲しいか選んでくれ」

「ではこちらでっ！」

俺がぬいぐるみを手渡すと、ルシィはそれをギュッと抱き締めて顔を綻ばせてくれた。

「えへっ、ししょーだと思って大事にしますねっ！」

お、俺だと思って、とは一体……多分大した意味はないんだろうが、そうやって意味深なワードをチョイスする辺りが本当に小悪魔だ。

「えっと、じゃあ……こっちのぬいぐるみは小春にやるよ。お前のコレクションに加えてやってくれ」

「……いいの？」

「そのつもりでダブル獲りを狙ったんだ。遠慮は要らんさ」

そう告げると、小春はわずかな逡巡（しゅんじゅん）を見せながら、

「不明……。酷（ひど）いこと言ってばかりのあたしに……なんで優しくするの？」

「特に気にしてないからだ。じゃれつく猫に引っかかれたなあ、程度にしか思ってない」

「ふうん……」

「いいからほら、受け取れよ」

俺は小春の薄い胸元にぬいぐるみを押し付けた。

「じゃあ一応……もらっとく」

「大事にするんだぞ？」

「検討……。あるいは、創路にもらったヤツだから押し入れ行きもありえる」

「は？　だったら返せよもったいない」

「断固拒否……。これはもうあたしのモノだし……」

んべー……、と小馬鹿にするように舌を出す小春。

やれやれだな……趣味のモノをプレゼントしてやってもこの仕打ちか。

ま、それが小春らしいと言えばらしいわけで、急にデレられても気色が悪いし、その反応は別に嫌いではなく、なんなら安心したまであった。

他にも限定景品を幾つかゲットしたのち、俺たちは遅くなる前にアキバからおいとまることになった。

電車に乗って地元まで帰還し、駅舎から出たところで小春とはお別れだ。

「じゃ……あたしはこっち、だから……」

小春がちんまい背を向けて歩き出していく。

「今日は楽しかったか？」

呼びかけるように尋ねると、小春は軽く振り返って頷いてくれた。

「創路が居なきゃ……もっと良かった」

「は？」

「なんて……それは冗談」

「お前な……」

「じゃ……またいずれ」

最後に俺をおちょくって満足出来たのか、小春はどこか軽やかな足取りで歩き去っていった。

最後まで問題児かよあいつは……ま、楽しんでくれたならそれでいいか。

「俺たちも帰ろう」

「うぃっ！　帰りましょう！」

こうして帰路に就き始めた道すがら、俺はルシィにも同じことを尋ねていた。

「今日は楽しかったか？」

「もちろんですっ！　ししょーに色々とアキバについて教えていただけたので勉強になりましたし、小春さんと初めて遊びに出かけられたこともプラスだったかなと！」

「それは良かった」

「最初はアキバって大したことないな、みたいなことを言ってしまいましたが、そんなことはありませんでしたっ！　様々な聖地があって、混沌としていて、どこかまとまりのない空間でありつつ、だからこそ見ていて飽きが来ず楽しかったですっ！」

ルシィはそう言うと、ちょいちょいと小さく手招きのような所作をし始める。

耳を貸して欲しい、というジェスチャーに見えたので顔を寄せた直後に――

「……今日は本当にありがとうございました」

どこかお淑やかに囁かれ、頰にちゅっと一瞬だけ温かな感覚が訪れてビビった。

「⁉」

弾かれたようにルシィの顔を見やると、彼女は「何か？」と言いたげに首を傾げていた。

「な、何やってんだよ……」

「ほぇ？　フランスでは親しい方にこの程度のことは当たり前ですよ？」

「そ、そうなのか？」

「うぃ。――もちろん親しいからといって誰にでもするわけではありませんけれど」

西日に照らされながらそう呟くルシィの表情が、どこか色っぽく見えたのはここだけの話である。

閑話その七　帰宅後の小春

アキバ探訪に付き合ったその日の夜、夕飯に呼ばれた小春がリビングに向かうと、そこには父と母に交じって姉まひろの姿があった。

「疑問……。なんでおねえが居るの？」

「今日は休日出勤で久しぶりに会社まで行って疲れちゃったから、なんとなく実家で休もうかな～とね。駅からだとマンションよりこっちの方が近いし」

「ふぅん……ま、勝手にすればいい。でも二十八の独身おばさんが、今もなお実家にご飯たかりにくるって、イヤになる」

「あら、救いようのないひねくれメスガキが何か言ってるわね」

この姉妹、実はそんなに仲睦まじくはなかったりする。

ただし、喧嘩するほど仲が良い、という文言には該当するのかもしれないが。

「ところで、なんだか今日は機嫌が良さそうじゃない？」

「否定……。おねえの気のせい、だと思う」

まひろからの追及を躱し、小春はご飯をさっさと食べ終えると自室に戻った。

小春の自室はぬいぐるみであふれている。幼い頃から友達作りが下手くそだった小春はぬいぐるみだけが心を許せる相手だった。それが今もなお続いているところがある。素直になれるのはぬいぐるみの前だけで、誰かの前では常に虚勢を張ってしまう。

「ありがとう、ってなんで言えなかったかな……」

ベッドにぼふんと腰掛けて、創路にもらったぬいぐるみをぎゅっと抱き締める小春。

これをもらった時、小春は本当は嬉しい気分だった。おまじないをされたら嬉しい、と創路が言ってくれた時もそうだった。しかし素直にお礼を言ったり自分の気持ちを伝えたりするのが苦手なので、むしろ煽るようなことを言ってしまうのが癖になっている。

「……あたし……ホントにダメで……どうしようもない……」

ルシィのように開けっぴろげに自分の感情を表に出せたら楽なのだろうが、それが出来れば苦労はしないのだ。そういう性格ではない以上、小春に同じことは無理である。

「ありがとうって……そのひと言が言えるだけで、違うはずなのに……」

創路にもらったぬいぐるみを抱き締めたまま、小春はそう呟く。

彼女が素直になれる日は果たしてくるのだろうか。

それはまだ誰にも分からないことである。

第十話　ブラック気味な業務の話

『ねえ創路くん、ちょっと頼まれ事を引き受けてもらってもいい？』

ある日のシナリオ班朝会（あさかい）でのことだった。

俺は画面越しのまひろさんにそう言われ、着座中の背筋を伸ばした。

「頼まれ事ですか？」

『ええ、実は創路くんに「果実乙女」の次回イベントのシナリオを急ピッチで書いてもらえないか、って話が上の方から来ててね』

「マジっすか？」

果実乙女、というのは弊社が運営しているソシャゲのひとつだ。あらゆる果実を女の子として擬人化させたＩＰで、ゲームジャンルとしては育成ゲームだ。果実の品評会でトップを獲（と）ることを目的に自己研鑽（けんさん）を積んでいく彼女たちの物語が割と好評を博している。

『創路くんには今「プロジェクト修羅」の方を重点的にやってもらっているわけだけど、一旦果実乙女の方をお願い出来るかしら？』

プロジェクト修羅というのが、俺が今重きを置いてやらせてもらっている未発表オープンワールドゲームプロジェクトの社内における呼び名だ。これは正式名称ではないので、初報公開時までに恐らく名前は変わると思う。

「分かりましたけど、その果実乙女のイベントシナリオって締め切りはいつですか？」

『明日』

「は？　え……？　か、果実乙女のスケジュール管理どうなってるんですか……？」

『そこはなんか担当者がイベントの時期をひと月遅く勘違いしてたとかなんとかで』

「その始末を俺がやるんですか？　幾らなんでも明日締め切りはキツいんですが……」

『でも創路くんなら出来ると思うわ。ト書き形式で全部書けって話じゃなくて、簡単な原案みたいなモノを最初から最後まで考えて欲しいってだけだから』

「だ、だけだからって言われても、それはそれで大変なんですけどね……大体なんで俺にその話が？」

『創路くんがそれだけ優秀だって上に思われてるんじゃない？　実際、前に書いた果実乙女のシナリオはユーザーからも好評だったわけだしね』

『先輩って果実乙女のどこを担当してはったんですか？』

エヴリンが会話に交ざってきた。

インターンのエヴリンは『プロジェクト修羅』の手伝いしか出来ない立場なので、果実乙女の内部情報については疎い部分がある。

『創路くんの担当はどこだっけ？　キャラシナリオの方はとちおとめとシナノゴールドよね？　好評だったのは夕張メロン実装記念のイベントシナリオだったような』

「ですね」

『え、夕張メロンのイベントってあのホラーテイストのヤツやないですか！　夜中にやらない方がいい、ってTwitterでめっちゃ話題になってたヤツですよねっ？』

「それな」

『アレ書いてはったなら、また書いてくれよってなりはる上の気持ちは分かりますね』

『ね。それに創路くんって筆が早いし一日あれば原案は書けるはず。そうでしょ？』

「まぁ……原案程度ならなんとかなるとは思いますが……」

『じゃあお願いね？』

「……うぃっす」

そんな感じで、俺は急ピッチの業務を引き受けたのだった。

今日はちょっと忙しくなりそうだな。

◇

「ししょー、まだお仕事が終わらないのですか？」

　この日の定時を迎えても俺がリビングに来ないことを心配したのか、午後九時を回ったところでルシィが俺の自室に顔を覗かせてきたのが分かった。

「ああ悪いな。今日はちょっと急ぎで終わらせないといけない仕事があってさ」

「なるほどです。では先に食べてしまってもよろしいでしょうか？」

「え……」

　待ってくれ。その確認を取ってくるってことは……、

「……まだ夕飯を食べてなかったのか？」

「うぃっ。ずっとししょーを待っていましたよ？」

　──なんてこった、もう九時だぞ。

　完全にやらかしたな……ひと声掛けておくべきだった。

「ごめんなルシィ……」

「ほぇ？　なんで謝るのですか？」

「だって……腹減ってるだろうに俺のせいで夕飯食ってないわけだろ？」

「お腹(なか)は減っていますが、気にしてないですっ。ルシィの方こそ、もう少し早くに確認を取りに来るべきでしたね」

俺に不満をぶつけるどころか、自分を戒め始めるとか……あぁくそっ……こんな良い子に迷惑をかけたらダメだろうが俺……。

「とにかくもう先に食べてていいから……。ホントにごめんな？」

「ノンですっ。謝らないでください。ししょーのご飯は冷蔵庫に入れておきますので！」

ルシィはそう言って静かにドアを閉めて立ち去っていった。

あぁもう……マジで悪いことをしてしまった。二時間くらいロールバックしたい。

今までなら何も気にせず残業しても良かったわけだが、同居人が居るとやっぱりそうもいかないか。

「……今度からはマジでひと声掛けとけよ俺」

自分にそう言い聞かせ、俺は改めてシナリオの原案作成業務に取りかかっていく。

一時間、二時間と過ぎ去っていき、全体の九割は完成した。

現在時刻は二十三時……。日付が変わる頃にはなんとか終わってくれそうだ。

「――ししょー、少しよろしいでしょうか？」

　そんな折、寝巻き姿のルシィが訪ねてきた。寝巻きと言ってもパジャマではなく、キャミソールにホットパンツというラフな格好だ。いつも見ている姿なので見慣れたもんではあるが、それでもやっぱり破壊力は凄まじい。健康的な太ももや胸を見ないようにしつつ視線を動かしていると、その手にマグカップが持たれていることに気付いた。

「これ、ホットコーヒーですっ。甘く作りましたので、糖分補給にでもどうぞっ」

「あぁ、わざわざ悪いな」

「いえ、気にしないでください。ししょーのお力になりたいだけですから」

　俺の脇にやってきて、ルシィは机の端にことりとマグカップを置いてくれた。ルシィから漂うシャンプーの良い匂いが、コーヒーの芳醇な香りに混ざって鼻腔を突いてくる。

「まだ終わらないのですか？」

「もうちょっとだな」

「あまり無理をしてはダメですよ？」

「大丈夫。社内で残業するよりはマシだから」

　これは俺の話ではないのだが、ヤバい時は社内に三日泊まった、なんて話を聞いたことがある。寝る場所はもちろん床で、自分のデスク近辺よりも上司のデスク近辺の方が広くスペースが確保されているので、寝る時だけ上司のデスクの方に移動していたらしい。

「Ｏｈ……ししょーの会社はブラックカンパニーですか？」

「まぁ、社内の風土が上手く整備されてなかった十年くらい前の話だから、今じゃありえないってその先輩は言ってた」

「ふぅ、ひと安心ですね」

「ましてリモートワークが主流になった今じゃますますありえない話だし」

その点で言えば、自宅での残業は精神的にかなり楽だ。終電気にしなくていいし。

「でも本当に無理は禁物ですよ？　疲れがあるなら素直に休んで欲しいのですが」

「まぁ……疲れちゃいるけど、あと少しだから畳みかけるさ」

「でしたら、邪魔になっては悪いですのでルシィはもう失礼しますねっ」

「あぁ、おやすみルシィ」

「うぃっ。おやすみなさいししょーっ。頑張ってくださいねっ！」

俺の肩に軽く手を回すようなハグを一瞬だけして、ルシィは立ち去っていった。

我ながら単純過ぎるが……何気ない会話を含めたそんなスキンシップのおかげでやる気が出てきてしまった。

「うっし……頑張るか」

甘いコーヒーを飲みながら、俺は早速もうひと踏ん張りすることにして——

やがて日付が変わった頃になんとか原案が完成し、ホッとするに至った。

「終わったぁー……これでとりあえずは大丈夫だろ……」

俺は立ち上がって伸びをして、リビングに向かった。

誰も居ないリビングに足を踏み入れたその瞬間、ちょっとした寂しさを覚えるくらいにはルシィがここに居る光景が当たり前になっているんだなと実感する。

寂しさで言ったら、今日のルシィは夕飯を我慢して俺をひたすら健気に待ってくれていたわけで……本当に悪いことをしてしまったと思う。いずれお詫びをしたいな。

ともあれ、腹が減ったので冷蔵庫を覗くと、目立つところにラップのかけられた夕飯が入れられていた。

それらを取り出してみれば、ひとつの皿に付箋紙が一枚、ぺろんと貼られていた。

そこには下手くそな、けれど頑張って書いたのであろうへにゃへにゃな文字で——

『おつかれさまでしたしょー！』

と記されており、それを見た瞬間——自然と笑みがこぼれてしまった。

「……ありがとな、ルシィ」

残業終わりの小さなサプライズに感謝して、俺はしっかりと夕飯を平らげるのだった。

第十一話　ブラック気味な業務達成に対するご褒美の話

『創路くん、もらった原案でオッケーだそうよ』

「それを聞いて安心しました」

翌日の定時直前。

俺はまひろさんとZoomで会話していた。昨晩の頑張りが徒労とならず安堵中である。

『結構無理したんじゃない？　そういえば昨日っていつまで仕事していたの？』

「日付変更直後くらいまでですかね」

『ひゃー、それはご苦労様ね。明日からの週末はしっかりと休んでちょうだい』

「じゃあまひろさん、俺んちに来ないでくださいよ？」

『あら、私が来たらしっかり休めないとでも言いたいのかしら？』

「はい」

『そ、即答はやめて……胸に来るわ……』

「……すみません」

『と、ところで……頑張ってくれたご褒美として食事に誘うのもNGだったりする？』

「食事ですか？」

『ええ、週末に何か好きなモノでもご馳走させてもらえない？　今回は久々に無茶をさせてしまったものね』

「でも別にまひろさんの指示じゃなくて、もっと上からの指示だったわけですよね？」

『だとしても、先輩としてねぎらってあげるのも仕事のひとつかなって思うし』

面倒見の良さはガチなんだよな……多分酒飲んでウザ絡みする悪癖さえなければ今頃誰かのモノになっていただろうに。まだ飲み会が主流だった頃、とある飲みの席で騒ぎまくった結果として次の飲み会からまひろさんの隣に誰も行かなくなるという事態が発生し、可哀想だから俺が相手になっていたのだが、今思うとそれが良くなかったのかもな。そこで甘やかさずに酒を控えさせる方向に動いていれば……まぁ、時すでに遅しだが。

『おーい創路くん、話聞いてる？』

「あ、はい……えっとじゃあ、お言葉に甘えてご馳走になってもいいですか？」

せっかく好きなモノを奢ってくれるらしいのだから、まひろさんの寂しい週末を彩る相手になってやろうじゃないか。時すでに遅し状態を引き起こした罪滅ぼしとしてだ。

『ホントに？　じゃあいつにする？』

「日曜の昼とかでいいんじゃないですか？」

『日曜のお昼ね。了解したわ。で、何が食べたいの？』

「んー、そうですね……悩ましいので、とりあえず明日の夜まで考えさせてください」

『言っとくけど、変な遠慮はいらないからね？　多少お高くてもいいから』

「了解です」

『なんならお昼だけじゃなくて夜もご馳走するし……そ、そして夜も更けた頃に私自身も食べてもらったりとか……きゃっ。もうっ、何考えてるのよ創路くんったら！』

「いやあんたが何考えてんですか……」

職場のお姉様が勝手に好意を向けてくるバグはいつになったら改善されるんですかね。

『こほん……とりあえず何を食べたいかは宿題ということで。じゃ、このあと定時になったら創路くんち行くからよろしく～』

そう言ってまひろさんはログアウトしたのだった。

「さて、何をご馳走になろうか……」

そう呟きながら俺も仕事を終わらせ、まひろさんの襲来に備えることにした。

◇

翌日。

俺はルシィと一緒に近所のスーパーで買い物をしていた。

いつもならゲームやら映画やらでインプットに耽りたくてルシィ一人に買い物を任せてしまうところだが、今日は思うところがあって同行していた。

何も顧みない自分本位な生活を改善し、少しは周りに気を配ろうと思った結果だ。

先日残業のせいでルシィの夕飯まで遅らせてしまったのがやはり申し訳なかった——それを抜きにしたって俺はインプットインプットって自己中なところがあるわけで、ちょっとくらいは家事を手伝うべきなんだろうと思い、こうして買い物に付いてきたのだった。

「なあルシィ、何か猛烈に食べたいモノってあったりするか？」

「ほぇ？　なんですかその質問」

ルシィは野菜コーナーを眺めながら不思議そうに応じた。

「実は今週末、まひろさんが俺に残業のご褒美として好きなモノをご馳走してくれることになってるんだよ」

「おー、それは良きですねっ！」

「で、俺としてはその場にルシィも連れて行こうって思ってる」

「なんとっ。ルシィもよろしいのですかっ？」

「まぁ問題ないと思う」

まひろさんも変な遠慮はいらないって言っていたし、気前よく奢ってくれるはずだ。

「でだ、どうせならルシィが食べたいモノをご馳走になろうって思ってるんだよ。先日夕飯を一緒に食べられなかったお詫びにな」

「なるほどっ。ですからルシィが今猛烈に食べたいモノを教えて欲しいのですね！」

「その通り――で？　何か食べたいモノってあるか？」

「そうですねえ……」

ルシィは俺が押すカートに特売品の小松菜を入れながら、

「――お寿司、ですかねっ！　日本ではまだ食べたことがありませんので、是非とも本場のお寿司を食べてみたいなと思っているのですっ！」

「それは回らない方をお望みってことなのか？」

「回らない方が美味しいのですよね？」

「一般的にはそうだと思う」

「悩ましいです……ルシィは回転寿司というモノにすごく興味があるのです。動画でしか見たことがありませんけれど、アレはもはや一種のアトラクションではありませんかっ？」

「まぁ、初見なら楽しいだろうな」

「ですよねっ！　なのでルシィとしては回転寿司の方がいいかもしれません！　ええっ、回転寿司です！　ルシィは今猛烈に回転寿司の気分になってきましたっ！」

なんて安上がりな子なんだろうか。

でもその方がまひろさんの負担にもならなくていいか。

「分かった。じゃあまひろさんには回転寿司でお願いしてみる」

「お願いしますっ！」

そしてこの日の夜——晩酌にやってきたまひろさんも交えて夕飯を食べながら、俺はお寿司の件について伝えることにした。

「まひろさん、日曜の外食についてなんですけど」

「うん、食べたいモノは決まった？」

「ルシィが回転寿司に行きたいそうなので、回転寿司でお願い出来ますかね？」

「センパイさんっ、よろしいでしょうかっ？」

「――は？」

まひろさんはキョトンとした表情を浮かべたのち、真顔になってスッと立ち上がった。

「ねえ創路くん……ちょっとこっちにカモン」

まひろさんは芋焼酎をイッキしながら廊下に移動し、俺を手招きし始めた。

な、なんだろう……。

俺は恐る恐るそちらに向かった。

「――処すぞ」

そしていきなり殺害予告をされた。

「⁉」

「あのね創路くん、私はあなたにご馳走してあげるつもりなの。分かる？　あの小娘にご馳走してあげるつもりは一ミリだってないのよ。なんでそれが分からないのかしら？」

マジトーンだった。

「だ、だって遠慮はいらないって言ってたじゃないですか……」

「創路くんが食べたいモノに関しては、の話に決まってるじゃない」

「そ、そこをなんとかお願い出来ませんか？　ルシィも一緒に行く感じで……」

「……私は二人きりがいいのに」

しおらしく呟くまひろさんだった。

「な、なんで二人きりがいいんですか……？」

「なんでって……私にはもう創路くんしか居ないから……」

重い重い重いっ！　なんですかその重い告白！　百ギガパッチかよ！

こんなこと言ってくるのは芋焼酎で酔ってる影響だよな？　そうだと言ってくれ！

「ま、まひろさんにはもっと良い人が居ますよきっと！」

「……そうかしら」

「そ、そうですよ！　だから今回は純粋に楽しくルシィも交えて食事しましょうよ！」

「まぁ、創路くんがそれを望むなら……そうね、そうしましょうか」

ふぅ……ミスったらゲームオーバーになる制限時間付き選択肢を初見で乗り切ってやった感があるな。

なんにせよ、こうして週末のお昼は三人での回転寿司に決まった。

◇

というわけで、日曜のお昼を迎えた。

俺たち三人は近所にある水棲妖怪寿司にやってきた。小春にも声を掛けてみたが、おねえとご飯とかヤダ、とにべもなく断られている。

「はえ~、ここが回転寿司なのですね！　本当にお寿司がレーンで運ばれていますっ！」

テーブル席に案内されたところで、ルシィがおめめをキラキラに輝かせ始めていた。

もちろんルシィはレーン側に座っており、俺はその隣。まひろさんはルシィの正面だ。

「ねえルシィちゃん、フランスに回転寿司ってやっぱりないの？」

「いえセンパイさん、実はあったりするのです」

「あるの？」

「うぃ、ありますよ。でもやはり日本の雰囲気からはズレたモノですね」

気になったので調べてみると、確かにフランスにも回転寿司はあるらしい。でも内装がオシャレなバーっぽいので、和を愛するルシィが好まないのも理解は出来る。

「質問ですっ。この流れるお寿司を握っているのは職人さんなのでしょうかっ？」

「いやバイトだよ。でも漁港の近くとかだと、職人が握る回転寿司もあったりするかな」

「はえ~、ルシィもいつか職人さんのお寿司を食べてみたいですっ」

「じゃあそのうち連れてってやろうか？」

「よろしいのですかっ⁉　やったっ。ありがとうございますしょーっ！」

100円

「ふふ。なんだか創路くんとルシィちゃんは親子みたいね」

微笑ましいモノを見るような表情で、まひろさんがそう言った。

これでも一応保護者なわけで、そう見えているのは意外と嬉しい。

「ふむ。ししょーがパパなら、センパイさんがママということですか？」

「あら、私がママ？」

「うぃっ。なんだかこの状況は一家で食事に来たようで落ち着きますねっ！」

ほぼ毎日夕飯を共にする面子だからそう思うのだろうか。

……今更だが、まひろさんが俺のところに毎晩晩酌に来るのっておかしいよな。

本気で狙われているのだろうか……。

「そういえば、タッチパネルでも注文出来るのですね」

「ああ。その場合上のレーンで運ばれてくるんだ」

「ふむ……回転寿司というのは自分でレーンから取るのが面白いのではありませんか？

わざわざ注文するなら回らない寿司とか出前とかスーパーの出来合いで良いのでは？」

ロジハラはやめろ。

「目的のネタがなかなか流れてこないという事態を解消する意味もあるのかもしれませんが、ルシィに言わせればそのもどかしさも回転寿司の醍醐味だと思うのですよ」

言いつつ、ルシィは当然のように通常のレーンから皿を取り始めていた。最初はサーモンから行くようだ。

「ではセンパイさんっ、ご馳走(ちそう)になりますっ！」

「ええどうぞ。遠慮せずにたくさん食べていいからね」

ルシィは小皿に醤油(しょうゆ)を垂らし、サーモンをちょんと浸して早速頬張っていた。

「創路くんも遠慮は要らないからね？　そもそもは君へのご褒美(ほうび)なわけだし」

「うぃっす。じゃあいただきます」

こうして食事が開始され、俺たちは他愛ない話をしながら寿司を胃に収めていく。

「時にセンパイさん。今日は本当にルシィがお邪魔してもよろしかったのでしょうか？　ししょーとデートのつもりだったのではありませんか？」

「いえ、別に大丈夫よ。残業のねぎらいが最大の目的だからね」

……そう言ってくれたことにホッとする。

「ふむ。ですがセンパイさんはししょーのこと、明らかに好きですよね？」

「さて、どうかしらね？」

躱(かわ)すように微笑むまひろさんだった。

「ま、ひとつ言えることがあるとすれば、仕事はデキるけどプライベートはちょっとズボラな創路くんの属性は好きって感じね。私がお世話してあげないとダメな感じとか特に」

まひろさんは現在も休日に俺の部屋を訪れては掃除をしてくれている。

ダメ男が好きなのはマジなんだろうな、とは思う。

「俺はまひろさんが心配ですよ。いつか変なダメ男に引っかかりそうですし」

「もしかしたらすでに引っかかってたりしてね？」

まひろさんは意味深に笑った。

むむ……すでに引っかかってる？　大丈夫なのかそれ？

「……何かあれば相談してくださいよ？」

「あはは。君に相談したって何も解決しないわよ」

「……なんでですか？」

尋ねると、まひろさんはまたおかしそうに笑った。

「創路くんはちょっと古臭いタイプのラブコメ主人公になれる素質があるんじゃない？」

「……どういうことですか？」

「まぁ、そういうところじゃない？」

「確かにそういうところかもしれませんね」

ルシィが若干呆（あき）れたようなジト目で俺を見つめ始めていた。

「よろしいですかししょー？　乙女は気付いて欲しい生き物なのです。それなのにししょーは察しが悪い時がありますよね？　先日のアキバ探訪ではそれが顕著でした。一緒に見て回りたいと考えていたルシィの気持ちに気付かず喫茶店に居座ってインプットに耽ろうとしていたのは到底信じられない行動です。それがししょーの良いところである反面、悪いところでもあると思います」

……なんか俺説教されてる？

「ししょーのインプット体質は素晴らしいと思いますけれど、創作に寄り過ぎて現実での思考が疎かになっているのではありませんか？　出会ってひと月足らずのルシィが理解出来ているのに、どうして数年の付き合いのあるししょーがセンパイさんのことを理解出来ていないのでしょうか？」

「(まあまあルシィちゃん、そこも含めて創路くんの良いところだから)」

「(ですが……)」

女子同士のコソコソとした会話が始まっていた。

断片的に聞こえてくるが、基本的には何が何やら……。

「ところで、そう言うルシィちゃんは好きな人って居ないのかしら？」

お……そういう方向に話が転がっていくのか。

ルシィの恋バナはインプットする資料としては面白そうだな。

「えっと……ルシィはですね、正直そういうのって、その……まだよく分かりません」

大トロの皿をレーンから取りつつ、ルシィは少し気恥ずかしそうに呟いた。

「ルシィには好きな人が居たことはありませんから……気になる方は居ますけれど」

は？　き、気になる相手が居るって？　嘘だろ……。

俺は今……娘に彼氏が出来た父親の気持ちが分かった気がする。

「それにです……愛だの恋だの、そういうのはまだ早いのではないかなと、そう思っているところもありますので」

「まぁ……早いってことはないと思うけどな」

気持ちを立て直しつつ、俺は口を挟んだ。

「ＪＫなんて愛だの恋だので動く年頃だろうに」

動き過ぎて人生設計が崩れるヤツも居るくらいだ。

高校の時に出産した同級生が居たりしたが元気にしてるんだろうか。

「確かに学校のお友達には彼氏がどうのこうのと自慢してくる方々も多いですね……楽しそうでもありますし、恋愛とはそれほどまでに良きモノなのでしょうか？」

「恋愛自体が良いかどうかはさておいて、経験として良いインプットにはなるぞ」

「そういえば先日、ししょーは彼女さんが居たとおっしゃっていましたね」

「学生時代の話だがな」

苦い記憶も多いが、それがシナリオ作りに活きている部分もあると思っている。

「へ、へえ……創路くんって彼女が居たことあるんだ……」

まひろさんがなぜか死にそうな顔になっていた。

「そりゃこの歳まで生きてりゃ何度かありますよ」

「な、何度もあるの⁉」

「なんでそんなにびっくりしてるんですか……」

「な、なんでもないわ……なんでもないのよ……」

……全然なんでもなくなさそうなんですが。

「ふむ、ししょーは意外とプレイボーイだったのですか？」

「……プレイボーイではなかったと思うが、今の俺があるのはその頃の反動だろうな」

女の子と遊ぶのは楽しいが、楽し過ぎて知能が猿になってしまう。そっち方面ばかりに意識が行ってしまい、色々と努力が疎かになっていた時期が俺にはあった。これではいけないと反省した結果、俺は研鑽を重ねるインプットマシンを目指すようになったのだ。

「けどな、だからといって恋愛が悪いとは思わない。むしろさっきも言った通りに恋愛は良いインプット教材だ。なんせ愛だの恋だのって感情は、人類から切っても切り離せない普遍的なエンタメだからな。経験しとくに越したことはないわけだ」

「なるほどです」

「かといって、変な男を無理に作るとかは絶対にするなよ？　そうするくらいなら今はまだノータッチでいい」

保護者としてそれだけは忠告しておく。

「ふむ……でしたらルシィにはやはりまだ早いのかなと思います……気になる相手は居ますけれど、まだどうこうするほどの仲ではない……気がしますので」

そんな返事を聞いてどこかホッとした部分があった。

ルシィに気を持たれている相手には悪いが、ルシィには無垢なままでいて欲しいのだ。

気色の悪いわがままだと分かっていても、俺はそう思わずにはいられなかった。

ところで——

「そ、創路くんは……彼女……何度も……はは……あはは……」

まひろさんが引き続き死にそうな表情を維持しているのだが、この原因がなんなのか分かったヤツは至急俺宛てに連絡を頼む。

閑話その八　無限の胃袋

「それにしても——お寿司とは本当に美味しいモノですよねっ！」

妙な話題もひと段落して、俺たちは改めて普通に寿司を堪能し始めている。

ルシィはレーンから複数の皿を取ってはパクパクと口の中に放り込んでいた。

すでに十皿は平らげているだろうか。

ルシィの前にはお皿タワーが積み上げられている。

「ルシィちゃんって結構食べるわよね」

まひろさんが感心したように呟く。

「夕食も毎回量多めだし」

「うぃっ。食べるの大好きですから！」

「それなのに太らないんだものね……はあ、若いって卑怯だわ」

しょんぼりと呟くまひろさんをよそに、ルシィは新たな皿を取っては寿司を胃に収め続けていく。

もはやフードファイターばりの勢いだ。

「お寿司うまうまですっ！　こんなに美味しいモノがひと皿百円だなんて日本は最高の国ですねっ！」

そんなことを言いながら、最終的には二十五皿のタワーを完成させていた。

「ふぅ、満足ですっ！」

俺が十五皿、まひろさんが九皿なので、ルシィはまぁ食った方だろうな。

「さてと、自腹でテイクアウトもしますよっ！」

「て、テイクアウト？　そんだけ食ったのに家でも食うつもりか？」

「うぃっ。家で食べるお寿司は別腹ですからねっ！」

「…………」

バグった胃袋をお持ちのルシィは、それから本当に寿司をテイクアウトしていた。

そして帰宅後、おやつ代わりにテイクアウトした寿司を食べ、夕飯は夕飯でしっかりと食べていたのだから、なんかもうルシィの胃袋が恐ろしいとしか思えなかった……。

第十二話　フィードバックの話

今更言うまでもないが、定時後の俺は基本的にゲームをしている。

ゲームを作っている人間がゲームをやらずにどうするんだという考えがあるからだ。

でも自分が関わっているメディアと同じモノから技術を吸収するだけじゃダメなのがインプットってヤツでもある。

特にシナリオは小説だったり映画だったり、ゲームよりも秀(ひい)でている分野が多めなのでそちらにも触れておくのが吉と言えよう。

だから今宵(こよい)の俺はゲームではなく映画を観(み)ていた。今宵はと言いつつ、余裕がない日を除けば毎日定時後に一本は映画を観るようにしている。

リビングのソファに寝転がり、イヤホンを付けて、スマホで、サブスクの映画を鑑賞中だ。個人的な嗜好(しこう)としてはホラーを観たいところだが、今日は評判のいいアクション映画の鑑賞に耽っていた。

一方。

晩酌に訪れたまひろさんが酔い潰れて眠っているのをよそに、ルシィがテレビを占領してゲームをプレイ中だった。

これは別に珍しい光景ではない。俺がゲーム以外でのインプットに勤しんでいる時は、こうしてルシィがゲームをしていることが多い。

今日は黙々と和風死にゲーの代表作『SEKIR〇』を遊んでいるところだった。

ルシィは意外と硬派なゲームを好む傾向にあることは、直近の好きなタイトルとしてゴースト・オブ・ツ〇マを挙げていることからも分かりやすい。

SEKIR〇は今が初見というわけではなく、自分なりに色々と縛ることで発売から数年経った今も遊んでいるらしい。

今は天守閣で渋い声のボスと戦っているのだが、ルシィはノーダメで瞬殺していた。

最高難易度で周回を何度も重ねて敵のステータスを強化させている挙げ句、主人公の強化項目に関しては一切成長させていないらしいが、それでも余裕そうだった。

正直、アクション映画を観ているよりもルシィのプレイを眺めている方がよっぽど手に汗握れるんだよな。

そうは言ってもインプットは大切なので、俺は映画をひと通り見終えてから感想をメモにまとめた。それから改めてルシィのプレイを眺め始める。

「上手いもんだな。俺もクリアはしてるけど、ひぃひぃ言いながらやってたのに」

「すべては慣れです。ルシィも始めの頃は死にまくっていましたし」

「強化縛り以外にも何か縛ってプレイしてるのか？」

「うぃっ。今回はアイテム縛りと戦闘中のダッシュ縛りもやってますね！」

マジか。

アイテム縛りはその名の通りで、戦闘中のダッシュ縛りってのは要するに、回避アクションであるステップ移動オンリーで戦闘を行なうってことだ。

頭おかしい（褒め言葉）。

俺なんかSEKIR○の戦闘要素をフル活用しても苦労したっていうのに。

「ルシィは縛るのが大好きなのですっ！」

……捉え方によっては非常に卑しい台詞に聞こえてくるな。

「縛りって素晴らしいと思いませんかっ？　自分でお手軽にゲームの難易度を上げることが出来ますし、クリア出来れば当然達成感が生まれますっ！」

「難しいのが好きだから縛る、ってことなのか？」

「うーん、どうなのでしょうね。難しいのが好きだから縛るというよりは、開発側が想定する遊び方から逸脱したくて縛るのかもしれません」

……なんかすげえひねくれた回答が返ってきたな。

「開発側の意図を裏切りたい、ってことか？」

「かもしれません！　たとえばゲームクリアに必須級の便利アイテムがあるならば、ルシィはそれを使わずにクリアすることに喜びを感じます！　開発側を出し抜いた気分に浸れて気持ちがいいのでっ！」

なるほど……開発側が敷いた導線にあらがいたい、という天邪鬼（あまのじゃく）思考か。

ゲーム開発に携わる人間としてはニヤリとしてしまう返事だ。

「し、ししょーっ……何がおかしいのですか？」

「まぁなんつーか、開発側ってバカじゃないから、プレイヤーが取るであろう大体の行動は想定して作ってあるんだよ。当たり前だけど」

「なんとっ」

「たとえば、ルシィがそうやって色々縛ってＳＥＫＩＲ○をプレイしてるのに、普通にクリアまで行けるのはなんでだと思う？　答えは簡単だ。ＳＥＫＩＲ○の開発側はその手の縛りも想定して難易度を調整してるからだよ」

つまるところ、縛りプレイってのは開発側を出し抜いているようで出し抜けていない行為に他ならない。なんなら、開発側の手のひらで華麗に踊らされているまである。

「バグを利用した攻略法なんかも最近は動画で出回ったりするが、その手のヤツも開発側的には出し抜かれた気分とはならないんだよな。むしろよく見つけたなって感心する」

「では開発側を出し抜かれた気分にするにはどうしたらよろしいですかっ？」

「正直プレイ面で何やられてもそういう気分にはならないと思う」

ゲームってのは楽しんでもらうために作るモノだ。

プレイヤーが何かすごい縛りをして開発側を出し抜こうと頑張っていても、夢中でプレイしてくれているんだな、嬉しいな、としかならないわけだ。

「唯一出し抜かれた気分になるのは、自分たちよりもすごいゲームを作られた場合か」

たとえばプレイヤーが作り手に回って、フォロワー作品を完成させ、それがオリジナルよりも評価された場合は猛烈に悔しい気分となるだろう。

「なるほどっ。であればルシィはいつかすごいアクションゲームを作ってみたいです！」

「前も言ってたな」

「うぃっ。題材はニンジャで、戦国時代を謳歌する感じのオープンワールドIPを作れたら最高ですっ！　日本でその手の戦国オープンワールドが作られる気配がまるでないのを残念に思っていますので、ルシィが作って日本の開発者をあっと言わせてみせますっ！」

「それは大きく出たな」

でも夢はデカく持っておくのが一番だ。ちっちゃい夢しか持たないヤツはそこが最高到達点になるからどう足掻(あが)いても凡人の域を出ない生き様になってしまうしな。

「いいじゃないか。俺は応援するよ」

「わっ、ありがとうございますっ。ちなみにしょー、どうして日本発の戦国オープンワールドIPって出てこないのですか？」

「まぁ作りにくいんだよ……ハイエンドの人材が足りなかったり、売れるかどうか分からなかったり、傑作のツ○マが比較対象になりそうでイヤだとか、壁は幾らでもある」

「はえ〜、そういうものなのですか。であれば、日本のゲームメーカーが二の足を踏んでいる間にルシィが出し抜いちゃいますよっ！」

SEKIR○をプレイしながら、大きな夢を語るルシィ。

俺はそんなルシィの姿をしばらくの間傍観しているのだった。

◇

翌日。

『へえ、ルシィにはそういう一面もありはるんですね』

シナリオ班朝会の場で昨日の出来事を語ったところ、エヴリンが興味深そうに呟いた。

『ルシィはがっつりプログラマー側に進もうと思てはるんですかね？』

「と、思うけどな。ゲームも漠然とプレイしているんじゃなくて、色々と動きを観察しているように見えるし」

縛りプレイもただ自分の嗜好として楽しんでいるだけじゃなくて、もしかしたら将来自分でアクションゲームを作る時の難易度調整に役立てようと考えてプレイしているのかもしれない。

『思ったんだけど』

まひろさんがふと呟く。

『『プロジェクト修羅』のテストプレイをルシィちゃんにやらせてみるのはどうかしら？』

「……いいんですかそれ？」

俺たちが現在制作に携わっている未発表大型タイトル『プロジェクト修羅』は、ジャンルとしてはオープンワールドアクションRPGだ。

ゲーム自体はすでにパイロット版が存在しており、シナリオ班の俺たちもフィードバックとしての意見を出すためにテストプレイに参加していたりする。

『開発陣以外の目線でプレイしてくれる人が欲しいなあ、ってこの間ディレクターがぼやいていたのよ。ルシィちゃんならコアユーザーとして細かく意見をくれそうだし、ちょうどよさげかも。当然、やらせていいかどうかは上に聞いてみないと分からないけども』

「なるほど……まぁ、もし出来るってなったらルシィは喜ぶと思いますね」

一人のゲーマーとして喜ぶのはもちろん、将来ゲームクリエイターを目指す者としても目を輝かせるはずだ。

『じゃあ今日のどこかで確認を取ってみるわ』

「分かりました」

そんなこんなで朝会が終了し、業務が始まった。

やがて定時が近付いてきた頃、まひろさんから一通のダイレクトメッセージが届く。

『ルシィちゃんのテストプレイの件だけど、絶対に情報を口外しないって約束出来るなら・やらせてもいいってさ』

マジか。

上も思い切ったな。

でもそれだけ一般コアユーザーの目線が欲しいんだろうと思う。

開発側の人間だけだとやはり調整をミスる部分が出てきたりする。

ネタバレを解析されるのが怖いから大っぴらに体験版を配るのは避けたいし、こうしてクローズドにテストプレイヤーを確保出来るのは上としては助かるんだろうな。

　その後、定時を迎えたところで、俺はすぐにリビングへと向かった。

「——お疲れ様ですしょーっ、ディナーの準備は出来ていますよっ！」

　今日は中華の日であるらしい。

　皿に盛られた麻婆豆腐(マーボドウフ)や青椒肉絲(チンジャオロース)がルシィによって食卓に並べられている。

　旨(うま)そうに湯気をくゆらせていた。

「実はルシィに耳寄りな話があるんだよ」

　やがて食事が開始された中で、俺はそう告げる。

　ちなみにまひろさんも晩酌に訪れている状態だ。

「ほえ？　耳寄りな話ですか？」

「ああ。テストプレイをやってみたくはないか？」

「テストプレイ、ですか？」

　小首を傾(かし)げたルシィに、まひろさんがこう伝える。

「そう。私たちが作ってる新作オープンワールドアクションRPGのテストプレイね」

「⁉」

ルシィはテンションを高ぶらせた表情でガタッと椅子から立ち上がってみせた。

「ど、どういうことですかっ⁉　是非詳細をお聞かせくださいっ！」

というわけで、事情を簡単に説明した。

「なんとっ。ルシィの意見がフィードバックとして望まれているのですかっ⁉」

「ああ。よければプレイした感想を聞かせて欲しいんだが、あとでお願い出来るか？」

「うぃっ！　うぃいいっ‼」

なんかもう鳴き声みたいな返事だった。

「なんという僥倖(ぎょうこう)！　断るつもりは微塵(みじん)もありません！　これはもう急いでご飯を食べるしかありませんねっ！」

「いや、普通に食べてくれていいから。権利は逃げないし」

そんなこんなで夕飯を済ませたのち、俺はルシィを自室に連れ込んだ。

まひろさんは酔い潰れたので放置している。

「テストプレイは俺の業務用ＰＣでやってもらうけどいいよな？」

「うぃ！　全然構いませんが、ひとつ確認と言いますか。コンシューマーでも発売されるタイトルなのですよね？」

「そりゃもちろん」

俺は業務用PCを立ち上げ、テストプレイ用のゲームデータを起動させた。

黒い背景に『Project 修羅』の文字が浮かんでいるタイトル画面が表示される。

「ししょー、これはどこが舞台のオープンワールドゲームなのでしょうかっ？」

「それはスタートしてのお楽しみってことで」

「うぃ！　そういえば、これってどれくらい完成しているデータなのですか？」

「ぶっちゃけまだまだのヤツだよ。発売するのは早くて三年後だし」

「はえ〜、そんなに先のリリース予定であるにもかかわらず、プレイ可能なプロトタイプがもう作られているわけですか」

「そりゃあな。でもあくまでパイロット版でしかないから、これがそのまま世に出るわけじゃないってことは理解しといてくれ」

「了解です！」

「ただし、これを進化させて製品版として仕上げていくのも事実だから、このパイロット版から色々と改善点を見つけ出して製品版の制作に活かしたいってのはある」

「ゆえにルシィの意見が欲しいのですね？」

「その通り。だから忌憚のない意見をもらえると助かる」

「うぃっ。お任せくださいっ！」

そう言って俺のゲーミングチェアに座ると、ルシィはコントローラーを握り締めて、

「ではスタートしますっ」

ボタンを押して、ゲームをタイトル画面から進ませた。

ぶぉおおおおおおおお、と法螺貝じみた効果音が鳴り響く。

そして一瞬の暗転を挟んだのち、武将や足軽が入り乱れた合戦のムービーが始まった。

「えっ――ま、まさか――」

ルシィが驚愕した表情で俺を見た。

「――戦国時代が舞台ですかっ⁉」

「その通り。何を隠そうプロジェクト修羅はな、戦国時代を舞台にしたオープンワールドアクションRPGだよ」

「つ、ついに――」

ルシィは光の粒子を振りまかんばかりに弾けた笑顔で、

「――ついに日本国内からこの手のゲームが出てきてくれるのですねっ‼」

感無量と言わんばかりだった。

「Merveilleux!!!」

「な、なんて?」

「あ、すみませんっ。興奮してフランス語が出てしまいました！　素晴らしいと言ったのですっ！　ルシィが作りたくはありましたが、この手のゲームが日本国内から出てきてくれるならそれが一番ですからねっ。エキサイトする気持ちが収まりませんっ‼」

ルシィは目をキラッキラに輝かせていた。

そのうち虹色に輝くゲーミングルシィが誕生しそうな勢いだ。

「しかしししょーっ、酷いじゃありませんかっ！」

「酷いって何が？」

「昨晩、この手のゲームは日本じゃ作りにくいっておっしゃっていましたよねっ？　人材が足りないですとか、そもそも売れるかどうか分からないですとか、ツ〇マが比較対象になるからやりにくいですとか、色々理由を挙げて日本では作られない可能性が高いみたいにおっしゃっていたではありませんかっ！」

そういえばそんなことも言ったっけな。

「それなのに実はこんなにもすごいプロジェクトに携わっていただなんて、ルシィはものの見事に騙されてしまいましたよっ！」

「言っとくけど騙すつもりはなかったからな？　単に口外出来なかったってだけで」

「ふむ。しかしとにかくなんだかんだこの手のゲームを作っていたわけですねっ⁉　越えるべきハードルはありつつもチャレンジしていたわけですかっ！」

「まあな。それがサイバープロジェクツって会社だ」

弊社は飽くなきチャレンジ精神の塊なのだ。元はソシャゲ運営のみの会社だったが、今では普通にコンシューマー事業にも手を伸ばし始めており、このプロジェクト以外にも幾つかの内製チームが動いてコンシューマーのＩＰを制作している。

「ルシィにその気があるなら、将来はウチに来るのもアリだと思うぞ？」

「うぃっ、考えておきます！　今はそれよりゲームですよゲームっ！」

引き続き流れる合戦シーンを眺めつつ、ルシィは高揚しているようだった。

「このゲームはどういったストーリーなのですか？」

「簡単に言えば、安土桃山時代に生まれた百姓のオリジナル主人公が立身出世していく話だな」

プレイの仕方次第でどの陣営にでも尽力出来る自由度の高さが売りだ。

織田、徳川、豊臣を渡り歩くことも出来るし、どこかの陣営に生涯を尽くすことも出来る。合戦の途中に裏切る小早川秀秋ムーブをかますことだって可能だ。

とはいえ、それらは本編がきちんと組み上がった場合に出来ることであって、このパイロット版の段階では残念ながら出来ない。

パイロット版は序盤を切り抜いた感じのモノだ。

序盤は永禄五年の駿河が舞台であり、プレイヤーは少年期の主人公を操作することになる。キャラクリ出来る仕様となる予定だが、パイロット版にはそれも実装されていない。

「これって大きな合戦はありますか？」

「パイロット版の範囲には残念ながらないな。製品版には大坂夏の陣まで入る予定だ」

「はえ～」

「少年期に出来ることはメインクエスト攻略とサブクエスト攻略だ。合戦と呼ぶほどの規模ではないにせよ、戦闘はある。あとは野盗の拠点攻略とかだな」

「あ、操作出来るようになりましたっ」

リアルタイムのカットシーンが終わり、操作パートが始まった。

「操作のボタン配置は死にゲーに近い感じにしてある。LやRが攻撃・パリィで、ボタンの方でステップ回避とかな。で、オプションボタンでマップが見れる」

「わおっ、マップは広めですねっ！」

「製品版はオープンワールドの中でも一番広くなると思うぞ」

なんせ日本全国再現予定だ。

無論、縮尺はいじるしマップを地方ごとに分けて実装するそうだが。

「それはワクワクするのと同時に、移動が面倒そうという懸念が出てきますね」

早速ゲーマーらしい意見が飛び出していた。

「まぁ、オープンワールドって確かに移動が面倒になりがちだよな。プレイし始めの頃は景色を堪能しようとして練り歩くんだが、中盤以降はファストトラベル連発で景色なんか見なくなったりとかな」

「あるあるですねっ！」

「そこはオープンワールド永遠の課題だわな。スパイ○ーマンみたいに移動が楽しいオープンワールドだろうとファストトラベルに頼る時は頼るわけで」

「ですね。なので結局はファストトラベルが充実していればそれでいいのかもしれません」

「だな。このゲームも結局はそんな感じだし」

普通に馬が実装されているのと、飛脚という名のファストトラベルポイントがたくさん配置されているので、移動が面倒に思われることはないはずだ。ロードも速いし。

「うぃ！　ではひとまず遊ばせていただきますねっ！」

そう言ってプレイを開始するルシィ。

ゲームに慣れているだけあって、迷いなくサクサクと進んでいく。

「あっ――このゲーム普通に民家を荒らせますね！　住民も斬れますっ！」

ルシィは急に悪人ムーブをかまし始めていた。……まぁ、これもまたゲームあるあるではあるだろう。なんの理由もなくNPCを攻撃したくなる時ってあるよな。

「ルシィはゲームの中で悪いことするのに罪悪感が湧かないタイプなんだな」

「うぃっ。これっぽっちも湧きませんね！　ゲームはゲームです！　現実とごっちゃにしてはいけないと思いますっ！」

ごもっともだな。

「でも気を付けろよ？　罪を犯すと悪徳っつーのが溜まって武家から取り締まりの刺客が送られてくるようになるからな」

「あ、ホントですね――ぶっ殺しますっ！」

「お、おいっ、言葉遣いっ！」

「ほぇ？」

「ぶっ殺すとか言っちゃダメ！」

無垢な天使みたいな顔して美しくない日本語を使わないでもらいたい。

「ご逝去あそばせ？」

「すげえ丁寧に言ってもダメ！　普通に『倒します』でいいだろ！」

「なるほどっ。では倒しますっ！」

ルシィは楽しそうに武家からの刺客を始末し始めていた。

「――よっ、せいっ！」

主人公の攻撃に呼応して、ルシィは熱のこもった掛け声さえ発している。

だんだんとゲームに没入してきたのかもしれない。

せっかくの没入を邪魔しても悪いし、俺はリビングでインプットに耽ることにしたが、

「あ……そうだった」

リビングに戻ったところで食卓に突っ伏すまひろさんが目に入り、まずはこの人を自宅に帰すという一大ミッションをこなさなければならないことを悟る。

……基本的に毎日送り届けるようにはしているが、着替えさせてだの、お風呂に入れてだの、無茶苦茶な要求をされることがあるから理性との戦いになるのがイヤなんだよな。

「ま、やりますか……」

嘆いたところでそこの飲んだくれは帰ってくれない。

俺はまひろさんを起こして肩を貸し、送り届けたあとは余計なことを言われる前にさっさと帰ってきたのだった。

帰宅したあとは、インプットとしての読書を開始した。

俺は割と雑多になんでも読むタイプだ。今読んでいるのはラノベだが、ライト文芸も読むし純文学も読むし児童書も読むし自己啓発本なんかも読む。

電子派なので、セールの時に爆買いして積んでいるのがいっぱいある感じだ。

「あれ……もうこんな時間か」

ラノベを読み終えて感想をメモにまとめていたら、すでに日付が変わりそうな時間になっていた。ルシィはまだゲームに熱中しているだろうか。今日はもう遅いし、一旦歯止めをかけに向かうか。

「ご苦労様。今日はもう終わりでいいぞ――って、寝てるし……」

自室のドアを開けた瞬間に俺が視界に捉えたのは、コントローラーを持ちながらうつらうつらと船を漕いでいるルシィの姿だった。

見事なまでの寝落ちっぷりに、俺は思わず笑ってしまった。

「……ま、お疲れさんだな」

モニターの脇にはフランス語のメモがあったりするし、ルシィなりに色々とフィードバックの感想をまとめたりもしてくれたんだろう。

あとで翻訳してもらわないといけないが、まずはしっかりと休んでもらいたい。

「でもこの状態、どうすっかな……」

ゲーミングチェアで寝たままのルシィ。

このまま放置するわけにもいかないし、一旦起こすか？

でもせっかく寝てるんだし起こすのは可哀想な気もする。

「……押してけばいいか」

俺はゲーミングチェアを押して、ルシィの部屋に向かった。

あとはルシィをベッドに移せばミッションコンプリートだが……、

「……さすがに抱っこしないと無理か」

出来るだけルシィに触れないようにベッドまで運んでやろうと思ったが、きちんとベッドに寝かせるにはどう足掻いても抱っこしなければならなそうだった。

「済まんルシィ……」

俺は保護者としてルシィにはなるべく触れないように生活しているが、今だけは触れなければどうにもならない。先に謝りつつ、ルシィの体をお姫様抱っこすることにした。

持ち上げるために、眠り姫の背中と膝裏に腕を回す。ルシィの部屋着はいつもキャミソールとホットパンツなので、お姫様抱っこするとなればどうしても素肌に触れなければならない。童貞でもないのに、やたらと心臓が跳ねていた。穢れなく、曇りなく、いつだっ

て天真爛漫な笑顔を見せてくれる反面、体はしっかりと女の子なのだ。変な気を起こそうだなんてつもりはさらさらないが、妙に意識して勝手に照れ臭くなってしまう。

とにかく……さっさと済ませりゃいいんだ。

俺は直後に意を決し、ルシィの体を抱え上げていた。ずっしりと重たくて、触れ合っている部分から熱を感じて、それがまた照れを呼び寄せる中、ルシィの体をベッドの上に素早く降ろした。たかだかそれだけの作業を終わらせただけなのに、俺はドッと疲弊していた。けれどルシィの呑気な寝顔を見ていると、そんな疲れが吹き飛ぶようだった。

「ったく……こっちの気も知らずに幸せそうにしやがって」

ルシィの頬を軽くぐにぐにして遊ぶ。

でもルシィが無防備を晒せるくらいにここを安住の地だと思ってくれているなら、それはありがたいことだった。

俺は気分良く「おやすみ」と告げたのち、自分の部屋に戻って今日は休むことにした。

創路が立ち去ったルシィの部屋にて――

（――お、お姫様抱っこされてしまいました……っ！）

実はお姫様抱っこされた際の衝撃で起きていたルシィは、一人になった部屋の中で顔を真っ赤にして悶えていた。ベッドの横幅を余すことなく用いる形で体を転がして悶え、ある程度の落ち着きを取り戻したところで自分の体の匂いを嗅いだ。風呂に入りそびれてしまったので、汗臭かった場合はそんな体を抱っこされてしまったことになる。一生の不覚となりかねなかったが、ひとまず良い匂いだったのでホッとする。

（うぅ……それにしても、間抜けな寝顔を晒してしまいました……）

創路に対しては常に良いところを見せていたいルシィにとって、今回の出来事は少し恥ずべきことであった。常に良いところを見せていたい理由については、変なところを見せてがっかりされたくないというその一点に集約される。変なところを見せて、師である創路に見放されたくはなかった。

無論、創路がちょっとやそっとのことで誰かを見放す冷徹な人間でないことは分かっている。それでも弟子としては必死に良い格好をしたいのである。あとは単純に年頃の女子として、尊敬する異性の前でボロを出したくないという思いもあった。

今回に関して言えば、創路は特にがっかりした様子でもなかったのでホッとしている。

（それに……恥ずかしくはありましたが……良い経験になったとも思いますし）

未だかつてお姫様抱っこなどされたことはなかった。なんなら父親以外の異性にがっつり触られたのも初めてだった。だからこそ、今回の経験はどこかで活きてくるとルシィは考えている。将来的には自分一人でゲームを企画してみたいルシィにとって、プログラミング以外の感性を磨いておくことも大事な自己研鑽であった。そういう意味では様々な経験が積める創路との生活は本当に素晴らしいモノだと言えるのである。

（えへ……すっかりしょーに毒されてしまっていますね）

インプットや経験が大切なのだと思えるその思考は、創路に植え付けられたモノだ。それはこれからも深く根を張って、ルシィの心に生涯刻まれ続ける考え方となるだろう。

（ですから……ルシィは少しでもお返しが出来るように頑張ります）

成長の機会をもらっているからこそ、こちらからも何かを与えてみたい。

ご飯を作ったりするだけでなく、それこそ今日はフィードバックをして欲しいと言われたわけで、その頼みをしっかりやり遂げようと思うルシィなのであった。

その後、数日にわたってパイロット版をプレイし、感想と意見をまとめ、ルシィはその所感テキストを創路に提出した。

後日、大いに役立ったと言われた時は、当然ながらとても嬉しい気分となった。

第十三話　お兄ちゃんの話

「くそっ……分からない……！」

四月も下旬に突入したとある日の業務中のことだった。

俺は再び果実乙女のシナリオを少し任されていた。

そこに若干の問題が発生している。

「……お兄ちゃんと呼ばれる主人公の気持ちが分からない……この新規実装キャラはトレーナーであるプレイヤーのことをお兄ちゃんと呼称する。

血の繋がりのない異性からお兄ちゃんと呼称される主人公の気持ちがよく分からず、脚本を書く手が止まっていた。

俺は一人っ子だからな……年下の幼なじみとかも居なかったし、お兄ちゃんと呼ばれたことなんて人生で一度もない。

このままだと作業が進みそうになかった。

こういう時のために妹カフェとかに行っておくべきだったか……。

「さて、どうする……？」

出来ることなら、誰かに今すぐお兄ちゃんと呼んでもらいたい。

でも誰に？　エヴリンかまひろさん？

まひろさんには頼みにくいから、とりあえずエヴリンに頼んでみるか。

「よし……」

俺はZoomの部屋を立ててそこにエヴリンを呼んだ。

『どないしはったんですか先輩？』

相変わらずウェブカメラに映る室内が乙女ゲーのグッズだらけのエヴリンが登場した。

「よくぞ来てくれた。実は頼みがあるんだよ」

『頼みですか？』

「ああ、俺のことを試しにお兄ちゃんって呼んでみてくれないか」

『…………』

エヴリンが無言で退室した。

『おい戻ってこい！　ドン引きした表情で居なくなるな！』

そんなメッセージを飛ばすと、エヴリンがZoomに戻ってきた。

『う、ウチに性癖暴露して何がしたいんですか……？』

「暴露してないから！　インプットのために頼んだだけだ！」

『な、なるほど……』

　エヴリンはホッとした表情を見せた。

『でもインプットのためだとしても、なんでお兄ちゃんって呼ばれる必要が……？』

　戸惑うエヴリンに俺は事情を伝えた。

『……お兄ちゃんと呼ばれる主人公の気持ちが知りたい、ですか』

「そう。だから頼むよ。俺をお兄ちゃんって呼んでくれ」

『……ハズいやないですか』

「そこをなんとか！　なっ？　頼むよ！　一回だけ！　一回だけでいいから！」

『な、なんかえっちぃこと頼むみたいになってるやないですか……』

　それからエヴリンは十秒ほど唸（うな）ったのち、

『ほな……一回だけですからね？』

「助かる！」

『ホンマに一回だけですからね……？』

「分かってる！　でもお兄ちゃんって言うだけじゃ淡泊過ぎるから、お兄ちゃん大好き、で頼むっ！」

『つ、追加で台詞付け足すのは卑怯とちゃいますかっ⁉』

「そこをなんとか頼むよ！　今のところお前だけが頼りなんだっ！」

『う、ウチだけが、ですか……ほ、ほな仕方ありませんね。やったりますわ』

なんかチョロ過ぎて心配になるが納得してくれたからヨシ！

『ほな……心して聞いとってください』

こほん、と咳払いをしたエヴリンは、恥じらいの表情で何度か言いよどむ素振りを見せたのち、

『──お、お兄ちゃん……大好──』

『な　に　し　て　る　の　か　し　ら』

その時だった。

『業　務　中　に　な　ん　の　プ　レ　イ　？』

ゴゴゴゴ……、と怒りのオーラをまとわせたまひろさんが入室してきたのが分かった。

シナリオ班のチャンネルにこの部屋のＵＲＬ貼ってるからそりゃ入って来れるよな。

……にしても、なんか変な誤解をされてそうだな。

『とうとうやりやがったわねこの泥棒ネコ』

『う、ウチのことですか？』

『あなた以外に誰が居るのかしらこのウシ乳』

『ウシ乳⁉』

『若さを前面に押し出して創路くんをたぶらかそうだなんてとんでもないメスブタね』

『ちゃ、ちゃいますよまひろさんっ！　今のは先輩のインプットに付き合わされただけであって変なプレイとかそういうんじゃないんで……っ‼』

『ふぅん……そうなの、創路くん？』

ジト目を向けられ、俺は頷いた。

「そ、そうですよ……インプットのためにお兄ちゃんって呼んでもらっただけです」

『インプットのためだとしても、どうしてお兄ちゃんって呼ばれる必要があるの？』

「お兄ちゃんの気持ちを理解して脚本を書きたいからですね」

『あぁ……そういえば、果実乙女の新規実装キャラの脚本を任せていたっけ』

まひろさんは納得してくれたようだった。

『で、あればよ。創路くん』

「はい？」

『そのためなのであれば、私も協力してあげようじゃないの』

「え」

『サンプルは多い方がいいでしょう？　それに私、学生時代にちょっとだけ演劇を囓っていたのよね。人懐っこい妹キャラの演技なんて余裕よ』

……大丈夫だろうか。

なんかイタい感じにならないといいが、果たして……。

『じゃあ始めるわよ』

まひろさんは直後、ウェブカメラに対して上目遣いとなった。なんかもうこの状態がすでに痛ましい感じになっているが、本当の地獄は次の瞬間から始まった。

『――ねえお兄ちゃんっ、まひろね、お兄ちゃんのことがだぁい好きなのっ！』

うわキツ。

『ねえお兄ちゃんっ、お兄ちゃんはまひろのこと好きぃ～？』

「………………」

『お兄ちゃん？』

「すみませんまひろさん、デバッグ案件です」

『え？』

「その手のお店みたいになってます」

『ぐはっ……！』

まひろさんが血反吐を吐きそうな勢いでのけぞってしまったが、事実は事実として伝えた方がいいはずだ。これ以上まひろさんがやけどしないためにも。

「じゃあ、えっと……エヴリン」

『は、はい？』

「まひろさんの慰めを頼んだ」

『えっ⁉　ちょっ、そんなん先輩がやらなアカンことでしょ！』

「俺は忙しいんだ。お兄ちゃんを探求し続けなければならない」

『何ちょっとかっこいい感じに言っとるんですか！　逃げんといてください！』

「じゃあな」

『あ、ちょ――』

◇

うん、まあ――そんなわけで。

エヴリンとまひろさんは参考になったとは言えなかった。

もうちょっと若い子からお兄ちゃんって呼ばれないと主人公の感情は理解出来ない。

そう考えていると、玄関の方で人の気配を感じた。

どうやらルシィが学校から帰ってきたらしい。

話し声が聞こえる。小春も一緒っぽい。これまでは小春を連れてくることは一度もなかったのに珍しい。まぁ、だんだんと親睦が深まってきたのかもしれないな。

「——っ……二人に頼んでみるか？」

俺の脳裏に今よぎったのは、ルシィと小春からお兄ちゃん呼びをしてもらう計画だ。

エヴリンとまひろさんよりもだいぶ参考になるのは間違いないが、二人にそんなことを頼むのは若干の犯罪臭がするという点が問題だろうか。

いや、臆するな。ダメ元で特攻してみよう。

「ルシィ、ちょっといいか？」

ルシィの部屋の前に移動し、ノックして呼びかけた。

「どうしたのですかししょー？　まだお仕事の時間ではありませんか？」

まだ制服から着替えていないルシィが出てきてくれた。

室内には案の定、小春の姿もある。

「実は仕事に関することでルシィと小春に頼みたいことがあるんだ」

「はて、なんでしょう？　ひとまず中に入ってください」

室内に通されると、小春がムッとした表情を向けてきた。

「怠惰……。仕事サボってＪＫとお遊び？　良いご身分」

「お前は相変わらず俺に手厳しいな。今言った通り仕事のために二人に頼みたいことがあるんだよ。サボりじゃない」

「じゃあ……その頼みって何？」

小春からはドギツい反応が返ってきそうだが、まぁなるようになれだな。

俺は誠意が伝わるように正座の体勢に移行しつつ、

「俺はこれから気持ち悪いことを言うかもしれないが、どうか引かないで欲しい」

「危険……。創路がそんな前置きをするってことは……よっぽど変な、頼み……」

「大丈夫ですよしししょー！　倫理的にアウトな行為でなければルシィはすべてを受け止めてみせますのでっ！」

「じゃあ言わせてもらうが――頼む二人とも、俺のことをお兄ちゃんって呼んでくれ！」

「……拍子抜け」

いの一番に罵声を浴びせてくるはずの小春から、まずそんな大人しい反応があった。

俺の方が拍子抜けだ。

「脱ぎたてのパンツ寄越せ……とか言ってくるのかと思った」

「俺をなんだと思ってるんだよ！」

「……どうしようもないダメ男」

違うとは言い切れないのが悲しい……！

「むぅ？　それにしても、お兄ちゃんと呼んで欲しいとはどういうことなのですか？」

と、ルシィ。

「お兄ちゃんのことですから、恐らくインプット目的ではあるのでしょうけれど」

ん？　なんかもうナチュラルにお兄ちゃんって呼んでくれてない……？

「どうしました、お兄ちゃん？」

「――っ⁉」

や、やっぱりそうだった！　気のせいじゃなかった！

このサービス精神こそがルシィの真骨頂だよなあ……マジで良い子過ぎる。

「頼むルシィっ、よければもっとお兄ちゃんを連呼してくれ！　ルシィの言う通りインプットのためなんだよ！　お兄ちゃんって呼ばれる主人公の気持ちを理解したいんだ！」

「うぃっ！　そういうことでしたら了解ですっ、お兄ちゃんっ！」

「！」

「こんな感じに呼ぶだけでよろしいのでしょうかっ、お兄ちゃんっ！」

「いいさ……それでいいんだ」

なんて尊いんだ……。

エヴリンやまひろさんからお兄ちゃんと呼ばれても覚えることのなかった晴れやかな気持ちが俺の脳内を埋め尽くしていく。

そうか──お兄ちゃんになるとは、こういうことか。

「……創路の顔が、無駄に澄んでてキモい……」

「よりキモくしてくれてもいいんだぞ？」

「……あたしにも、お兄ちゃんって呼ばれたいわけ？」

「ああ」

ルシィだけでなく、小春のサンプルも欲しい。

お兄ちゃんの気持ちをより鮮明に理解するためだ。

「断固拒否……」

「さっき拍子抜けって言ったくせにか？」

「……そう思うのと、実際に呼びたいかどうかは、別」

「そこをなんとか頼むよ」

「イヤ……」

そっぽを向かれてしまった。やれやれだな……。

「大丈夫ですよお兄ちゃんっ！　小春さんの分までルシィがたくさん呼びますからっ！」

この世界で唯一デバッグする必要がないモノは何かと問われたら、俺は「ルシィの心」と迷わず即答するだろうな。

「——創路お兄ちゃんっ」

「ん？　どうした？」

「えへっ、呼んでみただけですっ」

「⁉」

……こ、この子は自前の尊さで俺の心臓を麻痺させようとしているのか？

もはやデスノ○トの擬人化だろこれ……。

「お兄ちゃんっ、ひとつ確認なのですが、お兄ちゃんから派生する他の呼称は特に試さなくてもよろしいのでしょうか？」

「他の呼称ってのは、お兄様とか？」

「うぃっ」

「まぁ確かに……この機会に試しておくべきかもしれないな」

都度頼み込んでいたらルシィにも迷惑がかかるだろうし。

「もし頼めるならお願いしてもいいか？　大好きですお兄様、的な感じで何種類か」

「うぃっ。では始めましょうか――大好きですっ、お兄様！」

「！」

「大好きですっ、兄上！」

「！」

「大好きですっ、兄者！」

「！」

「大好きですっ、兄貴！」

「！」

「大好きですっ、兄さん！」

「！」

「大好きですっ、あんちゃん！」

「！」

「あとはなんでしょうか……あ――大好きですっ、にぃにぃ！」

「――」

ジャブのように続いたお兄ちゃん類語辞典。

その締めくくりとして繰り出された「大好きですっ、にぃにぃ！」の響きは、俺の脳を甘美な感覚に包み込んでくれた。

【朗報】妹属性が追加アップデートされたルシィさん、最強過ぎてヤバい。

これが対人戦のゲームだったら即刻修正が入るレベルの最強キャラだろうな。

「不埒……デレデレし過ぎ」

そんな中——

小春がなぜか不機嫌そうに俺を見つめていた。

「満足したなら……さっさと仕事に戻れば？」

「あたしとルシィの遊び時間、削らないで……」

「確かにお邪魔虫状態だったな。悪かったよ」

でも待って欲しい。

「なあ小春、ダメ元でもっかい言わせてもらうが、小春もやっぱりお兄ちゃんって呼んでくれないか？　ロリロリしい小春からの刺激も加われば、俺は完全なお兄ちゃんになれそうな気がするんだ」

「……完全なお兄ちゃんって、何……？」

「概念だよ」

　そこは正直ツッコまれても困る。

「まぁ……一回だけなら、言ってあげても構わない……」

「──ホントかっ！　デレ期かっ⁉」

「う、自惚れないで……ルシィにデレデレする創路がウザいから、あたしが一発で、お兄ちゃんと呼ばれる者の気持ちを分からせてあげよう、ってだけのこと……」

「お、じゃあやってみせろよ小春！　頼んだぞ！」

「うん……」

　小春は心の準備を整えるようにもぞもぞし始める。

　俺をチラチラと見ながら、何度か言いよどみ──けれどやがて、

「そ、創路、お兄ちゃん……」

「⁉」

「こ、これだけ……。もう、おしまい……」

　そう呟くと、小春はルシィの背後にそそくさと隠れてしまった。

　だいぶ恥ずかしかったらしいな。

　それでも勇気を振り絞って俺のわがままに付き合ってくれたわけだ。

「ありがとな、小春(こはる)」

たったひと言だったが、それだけで充分だ。

おかげで俺はまた一歩、お兄ちゃんの境地に足を踏み入れられた気がする。

「退去、希望……。さっさと仕事に、戻るべき……」

「ああ、そうさせてもらうよ」

今なら良い脚本を仕上げられそうだ。

「それじゃ、ルシィもありがとな。おかげで助かったよ」

「うぃっ。お仕事頑張ってくださいねっ、お兄ちゃん！」

「おうさ」

こうして再開した脚本作業が、面白いほどスムーズに進んだのは言うまでもない。

閑話その九　お兄ちゃんにハマった夜

「──お兄ちゃんっ、夕飯出来てますよっ！」

　脚本作業を終わらせ、定時をちょっと過ぎたところでリビングに向かうと、ルシィが引き続きお兄ちゃんと呼んでくることに気付いた。

「別にもうお兄ちゃんって呼ばなくていいんだぞ？」

「ルシィが呼びたいから呼ぶのですっ。日本語がまだよく分からなかった頃、アニメの字幕に **onìchan** という単語が出てくるたびに可愛い響きだなと思っていました！　なので自分が誰かをそう呼べる機会が訪れた以上、存分に堪能しようと思いましてっ！」

「なるほどな」

　まぁ気が済むまで呼んでもらえばいいか。

　そんなわけで、特にお兄ちゃん呼びを咎めることはなかったわけだが──

「──お兄ちゃんっ、あ〜んしてください！　あ〜んっ！」

　と、ルシィが俺にご飯を食べさせようとしてきたり、

「――お兄ちゃんっ、お背中流しますよっ！」

と、ルシィが風呂に乱入しようとしてきたり、

「――お兄ちゃんっ、一緒に寝ませんかっ？」

と、ルシィが俺のベッドにもぐり込んでこようとしてきたところで――

「――なんなのっ⁉」

俺はついにツッコんでしまった。

「ほぇ？」

「ほぇ、じゃなくてだな、お兄ちゃん呼びになってから急になんか積極的な感じになったのはなぜっ⁉」

「理由はひとつですっ――妹は、お兄ちゃんに尽くすモノだって何かで見ましたっ！」

――はいデバッグ案件！

「そんな決まりはない！」

「ふぇっ⁉」

「そもそも俺をお兄ちゃんって呼ぶ＝ルシィが妹になる、ではないだろ！　俺をお兄ちゃんって呼ぶことでそういった危険思想に染まるんであれば――お兄ちゃん呼びはひとまず禁止とするっ！」

「そ、そんな……！」

「というわけで、さっさと自分の部屋に戻って寝なさい」

「で、ですが――」

「寝なさい」

有無を言わさずそう告げると、ルシィはしゅんとした表情で、

「うぃ……分かりました、ししょー……」

と頷きつつ、自分の部屋へと戻っていくのだった。

「はあ……ルシィもたまに困ったことをするよな」

でもずっとお利口さんでいられるよりは、そういう欠点もあった方が可愛いのは否定出来ない。

でもさすがに物理的に距離を縮められるのは色々とマズいので、そこは保護者として線引きというか、しっかり手綱を握らせてもらおうと思う俺なのであった。

第十四話　戦国時代の話

「――ししょーっ、戦国武将の知識はどれくらいありますかっ？」

「え？」

とある休日の昼下がり。

昼食を済ませてのんびりゲームをしていたら、皿洗いを終わらせたルシィがキッチンから駆け寄ってきたのが分かった。俺が座るカウチソファの一端に乗りかかってくる。

「戦国武将？」

「うぃっ。ししょーは詳しいですかっ？」

「まぁ、そこそこって感じだな」

戦国時代のオープンワールドゲームでシナリオを担当している以上、そこら辺の知識は意欲的に吸収するようにしている。

でも言い方を変えれば付け焼き刃なので、それほど詳しいわけでもない。

「ルシィは詳しいのか？」

「うぃ！　めちゃくちゃ詳しいですよ！　ふふんっ、ししょーに色々と教えて差し上げましょうかっ？」

キラキラおめめでずずいと迫られる。

かなり自信満々に見えるな。

「あら、私の前で戦国武将を語るつもり？　ルシィちゃんは良い度胸ね」

そう言ったのはまひろさんだ。なんかもう普通に俺んちに入り浸っているこの人は、自前のバランスボールに座りながら読書中である。

「ふむ、センパイさんは戦国武将に詳しいのですか？」

「そうね、自慢じゃないけど詳しいわ」

まひろさんはマジで詳しい。武将に限らず戦国時代そのものにだ。

だから『プロジェクト修羅』のシナリオを書いていて時代背景について分からないことがあった場合、まひろさんに逐一尋ねるようにしている。

「でもおねえは……詳し過ぎてキショい……そんなんだから、独身」

今日も小春が訪れている。カーペットの一端に座ってスマホいじりに精を出していた。

「あら、ルシィちゃんと遊ぶことをダシにして創路くんに会いに来た色欲お化けが何か言っているようね？」

「は？　そ、そんなわけがない……あたしはルシィと遊びに来ただけ……創路なんて、眼中にない……」

全力で否定されたのが悲しいものの、まぁそりゃそうだろうとしか言えない。

小春が俺目当てで来るようなことがあれば、俺は心配になって「小春の頭をデバッグしてくれ」と神様に祈らなければならなくなってしまう。

「大体……おねえが一番、色欲お化け。どれだけ創路の部屋に……入り浸ってるわけ？」

「私は私が居ないとお部屋が散らかっちゃうダメな後輩のお世話に来ているだけよ？」

ダメ男としてはマジで助かってる。午前中にめちゃくちゃ掃除してもらった。

「帰宅要求……。もう掃除は終わったんだし、帰れば？」

「イヤです～。私が綺麗にした部屋なんだから私が居座る権利がここにはあるの」

ジャイアニズムみたいなことを唱え始めているが……まぁ、実際その権利があると思っているから俺は特に文句を言っていないわけだ。

「んもぅっ、姉妹で喧嘩をなさらないでくださいっ。せっかくの休日が楽しくなっちゃいますっ」

「あら、三中老のルシィちゃんから一喝されちゃったことだし、ここはお互いに手を引きましょうか小春？　ちなみに三中老っていうのは豊臣政権末期の役職でね、五奉行と五大老の意見が合わない時の仲裁役として――」

「キモ……。そういう知識のひけらかし、要らないから……」

「き、キモいとは何よ！」

はあ……姉妹喧嘩は止まらなそうだな。ルシィの話は俺が聞いてやるしかあるまい。

「さあルシィ、戦国武将について語りたいんであれば俺が聞いてやるから存分に語ってくれていいぞ」

「うぃっ、ありがとうございます！　では語ります！」

はてさて、ルシィの戦国武将への理解度はどんな感じだろうな。

「ではまず、どの戦国武将について語りましょうか？」

「ルシィが一番好きな戦国武将からでいいんじゃないか？」

「うぃっ！　でしたら伊達政宗（だてまさむね）について語らせていただきましょう！」

「伊達政宗が好きなのか？」

「うぃっ！　あの兜（かぶと）がかっこいいじゃないですか！」

「三日月型のアレな」

アレは厨二（ちゅうに）心をくすぐってくれるよな。

「兜と言ったら、私はやっぱり直江兼続かしらね」

　そう言ってまひろさんが会話に交ざり込んできた。姉妹喧嘩は終わったらしい。

「直江兼続の兜って、愛、でしたっけ？」

「そう。愛の字がデカデカと兜を彩っているの」

「アレってなんで愛を掲げていたんですか？」

「説としては三つあるわ。ひとつめが、愛宕権現っていう武芸の神様から一文字拝借した説。ふたつめが、愛染明王っていうこれまた武芸の神様から一文字拝借した説。そして三つめが、民への愛を掲げていた説ね」

　この説明がすらすらと出てくる辺り、まひろさんが戦国ガチ勢なのは伝わるはずだ。

「私としては、民への愛を掲げていた説を推したいところね。直江兼続は世の中の愛を守ろうとして戦っていたに違いないわ」

「ぷっ……愛を知らないおねえが愛を語ってて草」

「へえ。じゃあ愛を知ってるらしい小春先生から愛について語ってもらいましょうか」

「……は？」

「はいどうぞ。愛とは何かしら？　セックス？」

「せっ……!?　そ、そういうこと、言わないで欲しい……！」

　姉を茶化そうとした結果ウブが露呈してしまい顔を真っ赤にした妹がこちらです。

「あの……伊達政宗の話を始めてもよろしいでしょうか？」

ルシィは早く語りたそうにしていた。

「あぁどうぞ。俺だけは聞いとくから好きに語り始めてくれ」

「うぃっ。では語らせていただきます！」

こほん、と咳払い（せきばらい）をしたのち、ルシィの話が始まった。

「伊達政宗と言えば、もはや言わずと知れた奥州（おうしゅう）の武将ですね！　一五六七年に出羽国（でわのくに）の米沢城で生まれ、幼名はサボテン丸でした！」

「梵天丸（ぼんてんまる）な」

「幼少期にわずらった天然痘の影響で右目を失明してしまい、隻眼となります！　これが彼の後々の異名となる『独身竜』に繋（つな）がってくるわけですね！」

「まひろさんのことか？」

「現代日本で日常的に使われる言葉に『伊達メガネ』や『伊達男』などがありますけれど、その伊達というのは政宗のことを指しています！　これは伊達軍が煌（きら）びやかな戦装束で上洛（じょうらく）して京の人々を熱狂させたことにより、それ以降自分を着飾る派手な格好を好む人のことを伊達者と呼ぶようになったことが由来であるとされていますね！」

ここは真面目だったな。

「そして伊達政宗を語る上で欠かせない要素と言えば、やはり——六爪流です！」

……ん？

「腰に六本の刀を帯刀し、戦闘時には片手に三本ずつ展開することで、さながら竜の爪を想起させるシルエットで攻撃を繰り出します！」

おい。

「そんな六爪流を駆使しながらレッツパーリィーと叫びつつ、相棒の片倉小十郎と共に戦国の世を駆け巡ったのが彼の——」

「——はいデバッグ案件っ‼」

「ほぇ？」

「今語ってくれた情報の九割が間違ってる！　もうめちゃくちゃだよ！」

初っぱなのサボテン丸からおかしかったが、後半はただのバサラじゃねえか！

「まあまあ創路くん、結構面白かったと思わない？」

まひろさんがクスクスと笑っていた。

「……まひろさんみたいなガチ勢からすると、中途半端に覚えられて語られるのって一番腹立つんじゃないですか？」

「うーん。でも、そういう覚え立ての子の知識をにわかだなんだって批判するのはなんか違うと思うのよね。興味を持ってくれているのだし、正しい情報にアップデートしてあげればそれで済む話じゃないかしら？」

　優しい考え方だった。こういうのを聞いていると良い母親になりそうなんだが、そんな時が来るのかは定かではないという……。俺がもらってやるべきなのか……？

「そもそもルシィは外国人……伊達政宗をここまで語れるのは普通に凄い気がする」

　小春がそう呟いているが、確かにそうかもしれない。

「むむ……ルシィの語りではしょーをあっと言わせることは出来なかった感じですかね？」

「まぁ……全部知ってる話だったからな」

「なんとっ」

「でもよく調べたなとは思うよ。ただし、伊達政宗が好きだって言うならもっと語るべきエピソードはあるだろ？」

　俺はそう前置きした上で、

「たとえば有名どころだと、小田原城攻略の件か。政宗は小田原城攻略の時、豊臣との合流に遅刻したんだよな。秀吉の怒りを買ったと思った政宗は、秀吉との謁見時に白装束を着用した状態で現れて、遅れてすみませんでした死ぬ覚悟は出来てます、って意思表示をしたんだ。そしたら秀吉がそれを気に入って許したってエピソードがある」

「はえ〜」

と、まひろさん。

「政宗と言えば、大坂夏の陣で味方を撃ち殺した話も忘れちゃダメよね」

「手柄を取るのに前の味方部隊が邪魔だったから、その味方部隊を自身の鉄砲隊で始末したエピソードがあるの」

「と、とんでもないですねっ！」

「そうね、伊達政宗はとにかく豪胆で行動力の塊だったのよ。困り者な一面もあるけど、でもそこが彼の魅力なんだと思うわ」

家を滅ぼされても仕方のないやらかしを何度かやっているが、それでも生き残って仙台藩の初代藩主を務め上げたそのコミュ力が、伊達政宗の一番すごいところかもしれない。

「戦国時代って知れば知るほど面白いモノだから、ルシィちゃんももっとたくさん掘り下げてみて欲しいわね」

「うぃっ。そうしてみます！」

ルシィの戦国時代への興味を更に深められたのであれば、この時間は有益だったな。

「あ、ちなみに私が好きな戦国武将は浅井長政（あざいながまさ）なんだけど――」

というまひろさんの小一時間にも及ぶ浅井長政への想いがここから語られることになるのだが、長ったらしいので割愛させていただく。

ところで——その日の夜。

プログラミング教本を愛読する姿をよく見かけるルシィだが、今日は猿でも分かる戦国時代、的な本を買ってきて早速読んでいるようだった。

最近のルシィは明らかに探究心が増している。新しい情報を積極的に取り入れる姿勢が目立つし、分からないことがあればすぐに聞いてくる。

俺の教育の賜物だろうな、などと自惚れるつもりはなくて、とにかくそのインプット精神が根付いてくれたのなら嬉しい限りだった。

「しょー、ちょっと分からないところがあるので教えていただいてもよろしいでしょうか？」

「あぁ、なんだ？」

ルシィは日本語の読み書きについてもまだまだな部分があるので、読解に苦労する文章や漢字があれば逐一俺を頼ってくる。今もその戦国時代教本の一部について、よく分からないところがあったんだろうな。

「これ、なのですが、なんと読むのでしょうか？　ニンジャの技らしいのですが」

そう言って見せられたページには――房中術、に関する記述が載せられていた。

だから俺はどうしたもんかと頭を悩ませる……。

「？　どうしました？」

「いや……それはぼうちゅうじゅつってヤツなんだが……なんつーか……」

房中術、ってのは要するに性技だ。無垢な天使が知るべき情報ではない。

「むむ？　どうしました？」

「いや、まぁ……これは知らなくていい」

「な、なぜですか⁉　ルシィは知りたいですっ！」

「ダメだ。知らなくていい」

「むぅ、でしたら自分で調べます！　読み方は分かっちゃいましたからねっ！」

しまった……確かに読み方を教えてしまっている……。

「ぼーちゅーじゅちゅ、ですよね？」

ルシィが自分のスマホで検索し始めていた。そして直後に検索結果が表示されたのか、ルシィの色白なほっぺがみるみるうちに火照り始めたことに気付く。

「あわわ……え、えっちな感じのページがずらりと表示されたのですが……」

「だ、だから知らなくていいって言ったのに……！」

過度な探究心は時に向こう見ずな突進を招き、地雷原を踏み鳴らす結果に繋がる。

現状がまさにそれだった。

「……分かったら、もう房中術を深掘りするのはやめような？」

「うぃ……そ、そうします……」

「でも興味を持つのは大事だから、何かを知ろうって気持ちは無くさないようにしろよ」

失敗にも学びはある。

現状で言えば、房中術がエロいことだって知れたのはルシィにとってプラスなのは間違いないし、これからも恐れずに興味を振りまいて欲しいところだった。

「もちろんですっ。この程度のことでルシィの探究心は止まりませんよっ！」

「それは良かった」

そんなこんなで戦国時代について語らいながら、今宵はルシィとの時間を過ごしていくのだった。

閑話その十　知らなくていいこと

戦国談義を行なったその翌日、またちょっとした事件が起こった。

「しょーっ、戦国時代についてよく分からない部分があるのですがっ！」

「またか。今度はどうした？」

「この本のここにある、えっと……シュドー？　とはなんのことですかっ？」

「…………」

房中術に続いての、これまた答えにくい質問シリーズの時間がやってまいりました。

「むむ？　ししょー、どうかなさいましたか？」

「いや……えっとだな……」

シュドー、ってのは要するに――衆道のことだろ？

簡単に言えば――アッー！　な世界のことだ。……知る必要はないはずだよな？

「……あのなルシィ、それも知らなくていいことなんだよ」

「むぅ……しかしです、ルシィはやはり知りたいのです。昨晩のように地雷を踏み抜くことになろうとも知りたいのです！　知りたいったら知りたいのですっ。インプット大好きなししょーが知ることを否定するのですかっ⁉」

あ、圧が凄いな……。

「気になります！　シュドーとはなんですかっ⁉　教えてくださいししょーっ！」

「しかしな……」

「気になります！」

某千反田さんかお前は……。

「もし教えてくれないのでしたら――ルシィは今からハラキリを実行に移しますよっ！」

「……切腹を脅しに使うとか、武士の誉れがなさ過ぎるだろ」

「誉れは浜で死にました！　ししょーの首をとるために！」

「とるな！　いいか？　とにかく知らなくていいんだ。検索もしちゃダメだからな？」

「――け、検索したら男の人同士で抱き合ってる絵がたくさん出てきましたっ！」

「おい！」

行動が早過ぎんだろ！

「な、なるほど……シュドーとは――漢の世界のことだったのですねっ！」

ふんすっ、とルシィが鼻息を強めていたが、その理由については詮索しないことにした。

第十五話　インディーゲームの話

『せやね、そのゲームは割と多彩なアイデアが入っててておもろいんよ』

「なるほどっ！　ではいずれプレイしてみようかなとっ！」

とある休日の昼下がり。

昨夜小春と遅くまでオンゲをやっていた影響で、俺はこの時間まで眠りこけていた。

そんな俺がリビングに顔を出すと、ルシィが自前のノートPCでエヴリンとZoomを繋げているんだが……どういう状況なんだこれは。

「あ、ししょーっ、もうこんにちはの時間ですよっ！」

『先輩、おそようございます』

「……何してるんだお前ら？」

この二人は一応、忍者の先生（偽）とその弟子（ウソ看破済み）という関係性なわけだが、それ以上の繋がりは――あれ以降音沙汰も含めて――なかったはずだよな？

「えっとですね、今はセンセーから面白いインディーゲームを教えてもらっているところなのですっ」

えっへん！　と謎に胸を張るルシィ。

インディーゲームというのは、いわゆる大手のゲームメーカーではなく、個人単位のスタジオやサークルが制作する、小規模なゲームのことを指す言葉だ。

今や数え切れないほど存在するインディーゲームのオススメを、それに詳しい誰かから教えてもらうのはインプットとして考えた場合に大変結構なことだが――

「お前らって、そういうやり取りをする関係性だったのか？」

『実はですね……連絡先を交換した翌日にルシィの方から「センセーが偽者のニンジャであることは分かってます。本当はどういう方なのか教えてください」的なメッセージが届きましてね……』

「うぃっ。そしたらセンセーがしょーのコウハイであると判明しましたので、たびたびプログラミングなどについて質問させていただくようになったのですっ」

へえ、俺の知らないところで変な進展があったんだな。

まぁでも、エヴリンはライター見習いでありつつ、俺同様にある程度プログラミングを学んでいる人間だ。

そんなエヴリンからプログラミングを学ぶのはアリかナシかで言えば大アリだ。

プログラミングのことなら俺を頼ってくれてもいいんだぞ？　と言いたい気持ちは特になかったりする。俺は俺でルシィにプログラミングを教えているからだ。

ルシィはC言語(シーげんご)を覚えたがっているわけだが、俺はひとまずホームページ作りなどに欠かせないHTMLとCSSを学ばせている。ゲームクリエイターを目指すならいきなりC++(シープラ)やC#(シーシャープ)に手を出させてもいいのだが、手っ取り早く成果が目に見える形になるのはHTMLやCSSの方だ。なのでまずは簡単な成功体験を味わわせたくてそちらから学ばせている。

いずれにせよ、ルシィの教材となる人間が増えたのは良(い)いことだと思う。

「で？　今はなんでインディーゲームのオススメを教えてもらってるんだ？」

「単純にインプット目的ですっ。プログラミングそのものを学ぶだけでなく、やはり色んなジャンルのゲームにも触れていかないとダメですからねっ」

ごもっともだな。

『なんかオススメのタイトルがあれば先輩もルシィに教えたってくださいよ』

「構わないが、俺は寝起きだからな……一旦落ち着いてメシでも食わせてくれ」

「うぃっ。でしたらランチの用意をしちゃいますねっ！」

そんなこんなで、俺はひとまず遅めのランチタイムと洒落(しゃれ)込んだ。

昼食を済ませたあと、俺はエヴリンと一緒にインディーゲームの紹介を始めた。

「このノベルゲーとか面白いぞ?」

「はえ〜」

インディーゲームというジャンルの長所は、大手ゲームメーカーでは作りにくいコンセプトのゲームが大量にあるところだ。

インディーゲーム自体は俺も好んで遊ばせてもらっている。

制作者目線で言えば、好きなモノを作りやすいってことになる。たとえばあまり大声では言えないことだが、昨今はポリコレの波みたいなモノがどうしてもあって、それはあらゆるエンタメに影響を与えている。それはゲームの世界にも言えることであり——ゲームメーカーに勤めている身としてはその影響でやりにくいところがあるのは事実だ。

しかしインディーゲームならそういった外野の声をむざむざ聞く必要がない。

なぜならインディーゲームの制作者はあくまで個人であったり個人主宰のサークルやスタジオであることがほとんど。

であるからして、大手ゲームメーカー的には避けられない株価への影響や会社のイメージダウン等を気にする必要がなく、好き勝手に好きなモノを制作しやすいというメリットがあるわけだ。デメリットがあるとすれば、制作物を自分たちで宣伝して世に広めなければならないことだろうか。しかしその問題は大手パブリッシャーに売り込みをかけてバックアップしてもらうなどすれば、解決可能なことではある。

「つーか、エヴリンってインディーゲーをやる人間だったんだな」

ルシィにオススメを教え合う中で、俺はふとそう言った。

『そこはまぁ、先輩を見習ってやっとるわけですよ。インプットは大切ですし』

「そっか……」

去年の秋口に長期のインターン生として出会った時のエヴリンは、だいぶ我の強い頑固者だったりして、率直に言えばあまり協調性がなかった。アメリカ人であることが原因で、子供の頃から色々と浮きがちで、差別的な扱いを受けたこともあったそうで、若干心が荒んでいる部分があったんだと思う。でもゲーム会社には外国人のプログラマーとかが割と居るので、エヴリンの存在に俺やまひろさんは特になんとも思わなくて、多分そんな平等な扱いを受ける環境がだんだんとエヴリンの頑固な心を軟化させたんだろうな。俺を見習っての真似事なんて、半年前のエヴリンなら絶対にやらなかったはずだ。

「その分なら、一年後には専門の卒業と同時に正社員だな」

『なれますかね？』

「まぁなれるだろ。年単位のインターン取るのは大抵ツバ付けて育成も兼ねてる時だし」

無論、エヴリンが別の会社に行きたいとなれば話は変わるわけだが。

「ふむ、ししょーはセンセーにツバを付けて将来の奥方として確保しているのですか？」

「そういう話じゃない！」

もしそうだったら公私混同し過ぎだろ俺！

「俺にツバ付けられるとか、エヴリンだってたまったもんじゃないわな」

『(……そ、そないにイヤでもないですけどね)』

「ん？　なんて？」

『な、なんでもあらへんのでお気になさらずっ！』

全然なんでもなくなさそうだが……本人がそう言うんであれば気にしないでおくか。

ともあれ、ルシィにインディーゲームを薦め続けていく。

高評価を得るインディーゲームは大体、独特なシステムや雰囲気を持っている。大手では決して出し得ないその感覚を遊んで理解して自分の中に落とし込むことが出来れば、それは最高のインプットに他ならない。

なので俺とエヴリンはそういった評価が高めのタイトルをメインに、しかし遊び心が満載の馬鹿ゲーなんかもオススメすることで、ルシィのウィッシュリストをパンパンにしてやった。

「えへへっ。お二人とも、こんなにたくさん紹介してくれてありがとうございますっ！　ししょーに至っては何本か購入してくださいましたし、感謝してもしきれませんっ！」

「いいんだよ。可愛(かわい)い弟子のためなら出費なんて痛くもなんともない」

『ええなあ。ウチにもなんかこうてくださいよ』

エヴリンが画面の向こうですねるように呟(つぶや)いた。

「……いや、お前は自分で買えよ」

『ウチ結構無駄遣い出来ひん生活なんですけどね……正社員やないんで、毎月のお給金はたかが知れとりますし……』

「悲しいこと言うなよ……って思ったけどそんな背景してるヤツが無駄遣い出来ないとか言っていいわけがないよな？」

相変わらず乙女ゲーの関連グッズにあふれたその部屋。

そこへの出費を抑えればインディーゲームの五本や十本は余裕で買えんだろ。

『こ、これはこれで大事な趣味なんで削るのはちょっと……』

「なら副業でも始めたらどうだ？　それこそインディーゲーでも作りゃいいのに」

『その余裕はないんですよね……やっぱ大変やないですか』

「まあな」

『そういえば先輩って大学生の頃、インディーゲーム作ってはったとかなんとかってまひろさんから聞いたことがあるんですけど、ホンマですか？』

「ああ、一応な」

もう五、六年ほど前のことか。懐かしい領域に入る話になってきた。

「むむ、それは気になりますね」

ルシィが興味を持ったようだ。

「サークルか何かで作っていらっしゃったのですか？」

「いや、俺一人で作ってた」

「一人でですかっ？　ヤバいですねっ！」

『ソシャゲのアプリでも作ってはったんですか？』

「いや、普通にＰＣゲーム」

『へえ、Steamで売ったりしてはりました？』

Steamというのは、簡単に言えばＰＣゲームのダウンロード販売サイトだ。

「売ってないな。フリーゲームとして自分のホームページで配ってた」

「はえ～、なぜ売らなかったのですか？」

「あくまで就活用のポートフォリオかつ趣味で作ってただけだからな、金儲けのつもりはなかったんだよ」

売るとなればバグなんかも出来るだけ潰す努力が必要になるし、そこまではさすがに余力がなかったので、売るのはやめておいた感じだ。

『フリーゲームなら多少のバグは大目に見られるところもありますもんね』

「なんならバグが味を引き出すこともあったりするしな」

「ところでしょーっ、是非しょーのフリーゲームをプレイしてみたいですっ。ダウンロード出来るホームページを教えていただけませんかっ？」

予定調和とも言える質問が飛んできた。

俺の答えはひとつだ。

「悪いが断る」

「な、なぜですかっ⁉」

「恥ずかしいからだよ」

黒歴史とまでは言わないものの、アレを今更掘り返すのは興が乗らない。

「むぅ……そう言わずに教えてくれたら嬉しいのですが」

『ウチも興味ありますけどね。先輩がどないなもん作ってはったのか』

「別に大したもんじゃないから興味なんて持たなくていいって」

　ここに留まれば追及され続けるだろうな……部屋に避難するか。

「じゃあな二人とも。俺は静かに読書でインプットしたいからこれにてさらばだ」

「あっ、逃げるなんて卑怯ですっ」

『先輩ケチですやん』

「ケチで結構。卑怯で結構。俺は自分の過去については振り返らない男だからな」

　そう告げてリビングをあとにし、俺は自室に閉じこもって読書を開始するのだった。

「むぅーっ、ししょーはいけずですっ。ぷんぷんですよっ」
　創路が居なくなったリビングで、ルシィは頬をぷっくらと膨らませていた。
「別に教えてくれたっていいじゃありませんか。もうっ」
『ほな、ルシィがあの手この手で交渉してみるのはどやろか？』

と、画面越しのエヴリンから提案があった。

「交渉、ですか？」

『せや。先輩って意外とルシィには甘かったりするやん？　せやからルシィが頼み込めば教えてくれる可能性はゼロじゃないと思うねんな』

「とはいえ……今しがた頼み込んでも教えてくれなかったじゃありませんか」

『そこはだから、普通の頼み方じゃアカンわけよ。ルシィの武器を使わな』

「むむ？　ルシィの武器とは……？」

『女のウチから見ても可愛いってことや』

「センセーも可愛いですよ！」

『ウチのことはどうでもええねん。とにかくルシィがぶりっ子な感じで迫ったれば、先輩もさすがにオチてくれるんやないかと思う』

「なるほどっ。ではちょっと試してきますね！」

◇

「――ししょーっ！」

ベッドに寝そべりながら小説を読んでいたら、ルシィがノックもなしに突撃してきた。

「どうした？」

「ルシィはどうしてもフリーゲームのダウンロードページが知りたいです！」

「恥ずかしいから教えないって言ったろ」

「そうおっしゃらずにっ」

ルシィは俺の近くまで迫ってくると、上目遣いに俺を捉えながら、

「ルシィは大好きなしょーのことをもっと知りたいのですっ」

――ぐはっ！

なんだその子犬のような瞳は……！

そんな目で見られたら教えないわけにはいかなくなってくるだろ！

だ、だが待て……こんな露骨なぶりっ子に流される俺じゃない。

冷静になるんだ……ルシィがなんかベッドに乗っかってきて「教えてくださいよぉ～」

とかあざとく言い寄ってきているが、俺の秘密はそんなに安くはない！

「……悪いが、教えられないな。とにかくインプットの邪魔をしないでくれ」

「むぅ……そうですか」

ルシィは納得いかない様子ではありつつも、トボトボと大人しく俺の部屋をあとにして

くれたのだった。

◇

「ダメでした……」

リビングに戻ったルシィはエヴリンに結果を報告した。

『アカンかあ……まぁぶりっ子で陥落するほど先輩もアホやなかったっちゅうことやね』

「センセーがしょーのPCをハックしてフリーゲームのデータを盗む、などは出来ないのでしょうか？」

『か、仮に出来たとしてもそれは人としてやったらアカンことやろ……』

「うぃ……確かにそうですね」

『ウチとしても先輩のフリーゲームのことは知りたいけども、知る方法はあくまで正面から堂々とであるべきや』

そう言ったエヴリンは、少し考える素振りを見せたのち、

『……まひろさんなら、先輩のオトし方を知っとるかもしれへんな。ウチらの中で一番先輩との付き合いが長いのはあの人やし』

「なるほどっ」

『まひろさんて、今日はそこに来とらんの？』

「今日は家でゆっくりしているのではないでしょうか」

いかにまひろと言えども、休日の朝から晩まで創路の家に入り浸ったりするのは土日のどちらかだけだ。今日は五十パーセントの確率で来ない日ということである。

『ほな、まひろさんもZoomに誘ってみよか』

エヴリンがそう呟いた一分後、Zoomの画面にまひろも現れたのが分かった。

『どうしたのエヴちゃん？　ルシィちゃんも居るようだけど、一体なんの用？』

『実はですね――』

と、エヴリンがまひろに現状の説明を始めた。

『なるほどね、創路くんが自作のフリーゲームについて教えてくれないから、その口を割らせる方法を一緒に考えてくれないか、ってこと？』

「うぃっ。そういうことです！」

『ちなみにまひろさんて、先輩のフリーゲームの詳細を知っていたりは……？』

『残念ながら私も知らないわ。前に聞いたけど恥ずかしいから教えないって言われたし』

「むむ!?　センパイさんもすでに撃沈済みじゃありませんか！　そんなセンパイさんがし

しょーを籠絡する方法なんて知っていらっしゃるのですかっ⁉」

『でも、その時は別にしつこく食い下がってはいないからね。二人が本気で聞き出そうとしているんであれば協力するわ』

『ほな、先輩をオトして秘密を打ち明けさせる方法って何かあったりします？』

『そうねえ……やっぱりえっちなのは有効だと思うわ』

「え、えっち、ですか……？」

ルシィが困惑しながら尋ねると、まひろは神妙な表情で頷いた。

『リモートワークになるよりも前の話なんだけどね、残業まみれの私が「おっぱい揉ませるから残業手伝ってくれない？」って言ったら手伝ってくれたことがあったのよ』

『せ、先輩はまひろさんの胸を揉んだっちゅうことですかっ⁉』

『いやそれがね、「普通に手伝うんで馬鹿なこと言わないでください」って言われちゃって……こういうところよね、見返りもなしに手を差し伸べてくれるこういう性格が創路くんの素敵なところだと思うの』

一見すると惚気話に聞こえるものの、別に二人は付き合っちゃいないので単にまひろが親切を受けた話でしかないというのが若干悲しいところである。

「えっと……ところでセンパイさん、それって別にしょーがえっちな誘惑に屈したわけではないじゃないですか」

『そうね。でもその時の経験から言えば、その手の頼み方をすると創路くんは折れて頼みを聞いてくれる、ってことになるのよ』

『先輩の良心につけ込むとんでもない悪魔の作戦やないですか……』

『そうなのよ。でも本当にフリーゲームのことを知りたいなら、それくらいはしないと情報を得るのは難しいと思うし』

創路の頑(かたく)なな拒否っぷりを思えば、まひろの言っていることは一理あるだろう。

強攻策に打って出るのは必要悪かもしれない。

「うぃ。でしたらルシィはそれを実行に移してみますっ」

すべてはフリーゲームの情報を得るために。

ルシィはとある準備をしてから、創路の部屋へと再突撃することにした。

◇

こんこんこん。

「――ししょー、少しよろしいでしょうか？」

ノックの音に続いて、ルシィのそんな言葉がドア越しに届いた。

俺は読書を中断して応じる。

「もしまたフリーゲームのことを聞きに来たなら、いい加減諦めて欲しいもんだな」

「そうおっしゃらずに、少しお話を聞いてくださいっ。今回は取引をさせていただきたいと思っていますっ」

……取引？

「一旦、お部屋に入らせていただいてもよろしいでしょうかっ？」

「まぁ……別にいいけど」

なんだか妙な胸騒ぎを覚えながらもそう告げると、ドアがゆっくりと押し開かれる。

そして――

「…………………………………………………………え」

俺は呆然（ぼうぜん）としてしまう。

なぜならルシィが――

「ししょー……あ、あの……まずはこの姿を楽しんでもらえたらな、なんて……」

なぜかスク水姿だったのだ。

ま、待ってくれ……何がどうなってやがる。

——デバッグ案件だ。

金髪碧眼(へきがん)のホームステイ娘が家の中で勝手にスク水になるバグが発生してんぞ……。

「い、いかがでしょうかっ？」

「い、いかがって……な、何してんだマジで……っ!?」

学校指定のスク水を着て、なぜか俺の部屋を訪ねてきたルシィ。

スタイルのよい真っ白な肢体には間違いなく紺色のスク水しかまとわせていない。

俺は思わず視線を巡らせ、その状態をまじまじと眺めてしまう。

ヤバいな……これタダで見ていいの？

「し、ししょー……あの、それでなのですがっ」

「お、おう、なんだ……？」

「今こうしてスク水姿を見せていることと引き換えに、是非フリーゲームの詳細を教えていただきたいのですがっ！」

——あくどい……っ！

え？　そういうことだったの？

なんだよその居酒屋のお通しみたいなシステム……！

なんで勝手に出されたモノに対して代価を支払わなきゃならないんだよ！

「……誰かに入れ知恵されたな？」

俺は咄嗟に冷静さを取り戻し、そんな推察を行なった。

無垢なルシィがこんなあくどい手段を自力で思い付くとは思えない。

「エヴリンか？　それともまひろさん辺りか？」

「せ、センパイさんに……」

「はあ……」

あ　き　れ　た。

あの人そんなんだから誰にももらわれないんだよ……。

そんでもって、それを実行に移すルシィもルシィだ。

そんなに俺の苦い歴史を知りたいのかよ。

「言いたいことは色々あるが……とりあえず部屋着に着替えてからもう一度来てくれ」

その格好は目の保養、もとい目に毒過ぎる。

「こ、交渉の余地があるということでしょうかっ？」

「まぁ……着替えてきたら考えてやるよ」

なんだかまんまとしてやられた感があるものの、こうまで知りたがられては無視も出来ない。交渉の余地は残してやってもいいだろう。

「うぃっ。分かりましたっ」

ルシィはそそくさと立ち去り、数分後に部屋着姿で戻ってきた。

「――お待たせしましたっ。ししょーっ、フリーゲームの詳細を教えていただけるのですかっ？」

「教えて欲しいのか？」

「うぃっ。もちろんです！」

「……なんでそんなに知りたがるんだ？」

「ししょーのことはなんでも知っておきたいのですっ！」

ルシィがずいとベッドに乗りかかってくる勢いで迫ってきた。

「親愛なる師がこれまでどのような軌跡を歩んできたのか――それを知りたがるのは弟子として当然ではありませんかっ！」

そしてキラッキラなおめめでそう言われた。

なんともまあ……俺はその瞳に弱い。

若干迷う素振りは見せつつも、結局はひと息吐き出しながらこう告げてやった。

「ならこうしよう……俺が今から出す課題をクリア出来たなら、その時は俺の若気の至りについて教えてやるよ」

「課題、ですか？」

「ああ。最近プログラミングの勉強としてHTMLとCSSを教えてやってるわけだが、それらを駆使して自力で見栄(みば)えのいいホームページを作ってみせろ」

「――っ！」

「やれるか？」

「やれば……教えていただけるのですね？」

「ああ、約束する」

「でしたら、答えはひとつです！」

ルシィはやる気に満ち満ちた表情で、むんっ、と胸の前で両手を握り締めた。

「――ルシィはやります！　やってみせますっ！　ししょーが作ったフリーゲームの詳細を知るために、自力で見栄えのいいホームページを作ってみせますともっ！」

「そうか。なら期限は特に設けないから自由にやってみろ」

「うぃっ。了解ですっ！」

こうして、俺とルシィの間でひとつの取引が交わされたのだった。

閑話その十一　お節介な母

「重っ……」

とある平日のことだった。

ルシィが学校から帰ると、創路(そうじ)がひとつの段ボール箱を重そうに抱えてリビングへと運んでいる光景を捉えた。

「ししょー、ただいまです。なんですかそれ？」

「あぁおかえり……。これは実家から送られてきた米だよ。ふぅ……今配送業者から受け取ったんだ」

ひと息つきながらリビングの一角に段ボール箱を降ろす創路。

「お米ですか？　ご実家から？」

「そう。俺の実家米作ってる農家だから」

「はえ〜」

創路が段ボール箱を開けてみると、中には大きな紙袋がひとつ入っていた。口の部分に開け閉め用の紐が付いており、お米封入専用の紙袋なのだと分かった。

「別に送ってこなくていいよって言ってあるんだが、お袋が心配性でな」

曰く、一人暮らしの息子の食生活が心配なので、創路の母は息子が米にだけは困らないよう定期的に送るようにしているのだとか。

「良いお母様じゃありませんか」

「でも俺米炊けないから今までの全部まひろさんに譲ってるんだけどな」

「だ、ダメでしょうそれはっ！」

ルシィは思わずツッコんでいた。

「せっかくお母様が心配して送ってくださったモノなのですからきちんとご自分で食べましょうよ！　ルシィなんてママに心配されたくても、それがもう叶いませんからね……」

「っ……そういえば、そうだったな……」

ルシィの母は早くに病死しており、そこからは父に男手ひとつで育てられている。

ホームステイが始まった直後くらいに、創路にはその話をしている。

それを思い出してくれたのか、創路は神妙な表情を浮かべ始めていた。

「ってことは、ルシィに言わせれば……俺は贅沢なヤツか」

「そうですよ。せっかくまだお母様がご健在なのですから、是非お母様からの愛情を大切に取り扱って欲しいなと思ってしまいます」

「まぁ……そうだよな」

創路は米を一瞥してから、ルシィに目を向けてくる。

「じゃあ決めたよ。もう譲るのはやめる。ルシィが美味しく料理してくれるだろうから、まひろさんに譲るのはもったいないしな」

「うぃっ。その通りです！　ルシィが美味しいご飯をいっぱい作りますので、絶対に譲ったりしないでくださいねっ！」

母の愛情を物理的に感じ取れる創路を羨ましく思いながら、ルシィは今日の夕飯はそのお米をたらふく使ったモノにしようと心に決めるのだった。

第十六話　救われた繋がりの話

『……なんでママ、ベッドで眠ったままなの？』

とある病室で、一人の幼い少女が嘆くように呟いていた。

『……なんでママ、起きてくれないの？』

少女は悲しそうに金髪の女性が横たわるベッドを見つめている。

周囲では、慌ただしく動いていた医師たちが諦念したかのように動きを止めていた。

心電図に波形が見られなくなっている。

少女の肩にはひとつの手が置かれていた。

少女を励ますつもりで、この場に来てからずっと置かれていた父の手だった。

その手には今、悔しそうなまでの力が込められており、少女は若干の痛みを覚えている。

しかし父のそんな力のこもった手が、今の状況を否が応でも分からせた。

少女はじわじわと瞳を潤ませ、最終的にはその場で大きく泣き出した。

◇

とある朝。

「——っ！」

ルシィは目を覚まし、今の光景が夢であることを悟った。

しかしだからといって、なんだ夢かとホッとすることもなかった。

なぜなら今の光景は現実の再現だったからだ。

「……久しぶりに……見ましたね……」

大好きな母が亡くなった時の光景。

およそ六年前の、ルシィが十歳の時に起こった不幸である。

重い病に苦しめられた母は、結局元気な状態に戻ることなく旅立ってしまった。

そんな現実がショックだったルシィは、当時かなり気落ちした状態になったのを今もまだ鮮明に覚えている。いわゆる不登校にまでなった。こうして現在もなお夢に見てしまうほどに、母の死はルシィにとって衝撃的なモノだったのだ。

「……気を改めましょう」

夢で流した涙が現実にまで波及していたので、指で目元をぬぐったのち、ルシィはベッドから起き上がってリビングに向かった。

「おはようルシィ。今日はちょっと起きるのが遅かったな。夢でも見てたか？」

リビングには創路の姿があった。朝の日課であるジョギングへと出かけるために、すでにスポーツウェアを着込んでいる状態だった。

「おはようございます、ししょー」

「……大丈夫か？」

いきなり心配そうな表情で問われた。

創路は徐々にこちらへと近付いてきて、ルシィの顔を覗き込んでくる。

「な、なんでしょう……？」

「涙の痕がある……泣いてたのか？」

「いえ、これは……悲しい夢を見てしまっただけなので」

「悲しい夢？」

「……ママが亡くなった時の、夢です」

「そっか……。そういうのってヤダよな」

寄り添うように言ってくれたのち、創路は確認するように尋ねてくる。

「じゃあ俺んちでの生活が辛いとか、ホームシックになってるとか、そういうので泣いてたわけじゃないんだな？」

「ノンです。そういうことではないので安心してください」

そう告げる一方で、ルシィの悲しい気分は少しずつ回復していた。こちらを気遣ってくれた創路の優しさに触れた影響かもしれない。

ここに来たばかりの頃はインプットに勤しむワーカーホリック的な印象だったが、最近の創路はルシィに歩み寄る姿勢を見せてくれている気がする。

いや、距離感の話で言えば、最初からフレンドリーに歩み寄ってくれていた。おかげさまで初日から楽しくホームステイをさせてもらっている。

そんな中で、創路のワーカーホリックぶりが少し軟化し始めたのが、最近の創路に抱く変化なのかもしれない。

知識のアップデート欲求が強いのは相変わらずだが、そればかりを優先することがなくなったとでも言えばいいのだろうか。

食事すらめんどくさがって夜一食しか食べないなどと言っていた最初の姿が遠い過去であるかのように、最近の創路はちょっとずつしっかりとしてきた印象だ。

（家事炊事がダメダメなのは相変わらずですけどね……）

そんな風に思っていると——

「気分転換にルシィも一緒に走るか？」

との誘いがあった。

実は初日以降は朝のジョギングに同行していないルシィ。

スタミナゼロの自分が同行したら創路が走れないので、遠慮するようになったのだ。

（どうしましょうか……）

ルシィは迷う。

迷うと言いつつ、心はひとつだった。

ここ数日のルシィは、創路のフリーゲームの詳細を知るために、朝や夜の暇な時間を活かして見栄えのいいホームページ作りに勤しんでいる。

なので——

「ししょー、申し訳ありませんが、ルシィは先日交わした取引遂行のためにホームページ作りをやらなければなりませんっ。ですのでお断りしますっ」

「分かった。で、その進捗はどうだ？」

「まだまだですっ。でもしっかりと作りますので、今更前言撤回とかはしないでくださいねっ？」

「そんなことはしないさ。約束は約束だからな。弟子の成長のためなら苦い歴史くらいエサにしてやる。だから頑張れよ」

「！」

ねぎらいの言葉が嬉しかった。

ルシィは弾けた笑顔で、

「うぃっ！　頑張りますっ！」

と告げて、朝の身支度を整えたのちに、見栄えのいいホームページ作りを開始するのだった。

◇

「ふぅん……。見栄えのいいホームページ作り、ね」

「うぃっ。それを完成させるとししょーが作っていたフリーゲームの詳細を教えていただける手筈となっているのです！」

「酔狂……。創路の過去を知りたがるなんて、物好き……」

その日の昼休み。

ルシィは学校の図書室で小春と駄弁っていた。

小春と仲良くしてもハブられるなどの実害が特に発生しないことが分かってきたので、最近はこうして普通に小春と交流するようになっている。

「物好きとは失敬なっ。弟子はししょーのすべてを知りたがるものですっ！」

「ふぅん……。で？　見栄えのいいホームページって、具体的に何……？」

「ルシィもそこを迷っているところなのですっ」

スタイリッシュな枠組みを作るだけでいいのか、あるいはきちんと何かを取り上げた記事やコラムページを仕立てるべきなのか。

「ししょーは恐らく、その辺りも採点基準にしていそうな気がします」

「だったら無難に……ルシィが好きなゲームをまとめたサイトでも作れば？」

「それでは面白みがありません。ルシィとしては、亡くなったママのアルバム的なサイトを作ってみようかなと思っています」

「それは……どういう意図で？」

「過去の自分を超えるためです」

ホームステイで日本を訪れ、創路と出会い、ゲームクリエイターになるための小さな一歩目を踏み出し始めたルシィ。

これからもっともっと前向きに進んでいくためにも、亡くなった母の記憶を思い出すたびに悲しんでいたらダメな気がしたのだ。

だからルシィは母のアルバムページを作り、そこに一旦母への想いを良いも悪いも含めて封じ込めようと思っている。

思い出を整理して、母への未練を断ち切るということだ。

「なんか……すごいね」

「恐らくですが、ママが生きていたら今のルシィのことは好きじゃないんじゃないかと思いました。ママはいつだって前向きなルシィを褒めてくれていましたから」

「ルシィは充分……前向きだと思うけど」

「もっと前向きになりたいのです」

母の夢を見てめそめそしているようではダメなのだ。

「なら……今ルシィが思ってるそれを、作るべきだと思う」

「そう思いますか?」

「肯定……。自分を、信じるべき……」

「うぃっ。ではそうしようと思います!」

友の後押しを受けたその日の放課後、ルシィは直帰して自室に閉じこもった。

エディタを開いて、ホームページのデザイン作りを開始する。

「あ、そうです——パパにママの写真を送ってもらわないと」

アルバムサイトに使用するための母の写真を調達すべく、ルシィは久しぶりに父へと電話をかけ、母の写真をデータで送ってもらう手筈を整えた。

娘からのお願いに張り切った影響だろうか、父による母の写真データ送付はこの日の夕食中に早くも届いた。ルシィは食べる手を休め、ひと通りチェックし始める。

「誰の写真だ？」

食卓の隣に座っている創路が、スマホに映る母の写真を覗き込んできた。

「ママです」

「あぁ、この人が……」

「綺麗（きれい）な方ね」

同席中のまひろも席を立ってこちらに回り込んできた。

「今はフランスにいらっしゃるの？」

「あ、いえ……ママはルシィが十歳の時に亡くなっています」

「ご、ごめんなさい……」

「大丈夫です」

気まずそうなまひろにそう言い返す一方で、ルシィは写真のチェックを進めていく。

生まれたばかりのルシィを抱いている写真だったり、家族で凱旋門賞を見に行った時の写真だったり、その他にもたくさんの懐かしい思い出の写真ばかりが揃えられていた。

ルシィの目には自然と涙が浮かび上がってくる。

「なんでお袋さんの写真がこんなに?」

「……ししょーに課せられた見栄えのいいホームページ作りのコンセプトは、ママのアルバムサイトにしようと決めたのです。ですから、パパに写真を送ってもらいました」

「なるほどな。それは完成が楽しみだな」

「うぃっ……良いモノにしてみせます!」

涙を浮かべつつも笑ったのち、ルシィは夕飯を済ませると再び自室にこもり始めた。

エディタにソースコードを参考書片手に入力しつつ、時折母の写真を眺めたりして休憩を挟む。

父から送られてきた写真の中には、葬儀時のモノもあった。

「…………」

それを見て思い出すのは、その後に訪れたルシィの暗く辛かった泥沼の日々である。

母という光が失われたルシィにとっての、それこそ黒歴史とでも呼ぶべき状態が、数ヶ月間にわたって続くことになる――。

『ルシィ……今日も学校に行かないのかい？』

『…………』

ドア越しに届く父からの問いかけに応える気力すら、当時のルシィにはなかった。

部屋に閉じこもり、父とさえろくすっぽ顔を合わせない生活が続いていた。

母とのお別れを済ませてもなお、母が居ないことへのショックは抜けきらなかった。

もう母と会うことが出来ない。

そんな事実を認識するたびにすすり泣き、枕を濡らしていた。

父がカウンセラーの先生を招いたりしてルシィをどうにか立ち直らせようともしたが、それで解消されるようなことはなく、ルシィはとにかく心を閉ざし続けていた。

――しかしそんなある日、ルシィの人生にとっての転機が訪れる。

引きこもりだったルシィが一日中自室で何をして過ごしていたのかと言えば、ネットサーフィンである。元々与えられていたPCで日がな一日ネットの海を漂い、母の居ない現実から逃げていた。

日本のオタク文化を知ったのはこの時であり、死んだ眼差しで日本のアニメを字幕付きで見続けていた。楽しんでいたかどうかで言えば楽しんではいなかった。ただ現実から逃避するのにちょうどよい手段だったというだけだ。

そう、だからルシィの心を回復させたのは別に日本のアニメではない。

では何か？

それはひとつのインディーフリーゲームであった。

ロークリ、という名の正体不明の日本人プログラマーがたった一人で作り上げた横スクロールのドット絵忍者アクションゲームがフランスのネット掲示板で話題になっていた。

ニンジャレッツデン、というタイトルであるそのゲームは、横スクロールドット絵アクションとしては別段取り立てるべきところはないのだが、このゲームのすごいところはなんと言ってもシナリオである、とのレビューが至るところに書かれており、どのレビューを見ても「落ち込んでいる人ほどプレイしてみて欲しい」との締めくくりであることが、ルシィの興味を惹くことになった。

ゆえにルシィはニンジャレッツデンを制作者のホームページでダウンロードし、有志が作成したフランス語パッチを当てて遊んでみたのである。

するとどうだろう——レビュアーたちの言っていることの意味が理解出来た。

——落ち込んでいる人ほどプレイしてみて欲しい。

その言葉通りに、ニンジャレッツデンは落ち込んでいる人を勇気付ける内容だった。

近未来の、忍者という概念が消え去りかけているサイバーパンクな都市を舞台に、一人の忍者の末裔が忍者というアイコンを守るために義賊的な行為を繰り返す、というのが大まかなあらすじだ。

主人公の忍者アキトは義賊行為を繰り返して忍者の存在を世に残そうとするのだが、古めかしい忍者というアイコンを排斥しようとする敵対スパイ組織がアキトの邪魔をし、アキトの目的はなかなか成就に行き着かない展開が続く。

しかしどれだけ邪魔が入ろうとも、時には命が狙われようとも、アキトは一瞬たりとも心が折れたりはせず、決して挫けず、いつだって忍者であることに自信と誇りを持ちながら、己が矜持を貫いて真っ直ぐに自分の目的めがけて邁進し続けていくのだ。

そんなアキトの信念と共に進んでいくストーリーは、終盤にとてつもなく熱い展開へと昇華され、最後に敵対スパイ組織を壊滅させた瞬間のカタルシスたるやそれはもはや活火山の噴火にも劣らない凄まじい興奮を訪れさせ、プレイしていたルシィの暗く冷たく閉ざされていた心は一気に雪解けの瞬間を迎えることになる。

ルシィがそのインディーフリーゲーム『ニンジャレッツデン』から教わったことは単純明快——「多少苦しくたって矜持を持って生きていれば、人生には成功が待っている」ということである。それは主人公アキトが終盤に言い放つ勝者としての勝ちどきであり、ルシィが好きな台詞でもあった。

この物語には「どうせダメだから……」が口癖の何も行動しない諦念男も登場するのだが、ゲームのプレイ中はそいつに苛立ちを覚えることが多々あった。

どうせダメだから、どうせ無理だから、とアキトの目的や行動を頑なに否定し続けた彼は最後、結局何も変わらないまま底辺の生活を送り続けるという結末だった。

そんな諦念男が今の自分なんだろうな、と当時のルシィは思った。

母が居なくなった今の世界では何をしても無駄だ、面白くない、と勝手に決め付けて、自分の可能性を狭めて、ただ呼吸をするだけのウジ虫へと自分を成り下げていた。

けれどニンジャレッツデンをプレイしたことによって、そんな意識は変革の時を迎えた。

ルシィはアキトの生き様を教材とし、諦念男を反面教師とすることで、母の死を嘆き続けていた自分を戒め、明るい性格を取り戻した。

そして引きこもり生活にピリオドを打ったのである。

それからはニンジャレッツデンと、その正体不明の制作者ロークリに憧れ、日本のオタク文化を学び、将来の夢をゲームクリエイターと定めた。

それがルシィの、今日に至るまでの経緯と言えるのだった。

「ルシィは……くよくよしてはいられません」
過去に思いを馳せていたルシィは、母の写真を眺めながらそう呟く。
「ルシィには目指すべき目標があります。だからママとの思い出は……目指すべき目標が達成されるまで封印しなければなりません」
母との思い出に浸っていたら、また在りし日のように嘆きの内側に囚われてしまいそうだから。

ゆえにそうならないための、一時的な決別の証として——母のアルバムサイトを作成してそこに思い出を封じ込める。

それはある種の儀式だ——今後に向けて気持ち良く進むための。

見栄えのいいホームページ作りは、創路のフリーゲームの詳細を知るための手段というよりも、だんだんとそちらの意味合いの方が大きくなってきたかもしれない。

「よしっ」

気合いを入れるように呟いて、ルシィはまたエディタとのにらめっこを開始した。

エヴリンにヘルプを求めたり、自分でエラーを切り抜けたり、そんな風に悪戦苦闘する日々が数日ほど続いた五月中旬のとある夜——

「——っ、ついに出来ましたあっ！」

その日の就寝前に、ようやく創路から課せられていた課題が完成の時を迎えたのである。

「遅い時間ですけど、ししょーに早速報告してみましょう！」

ルシィは創路の部屋を訪ねた。

「ししょーっ、今よろしいですか？」

「ああ、どうした？」

ノックして足を踏み入れると、創路はベッドに寝転がって映画を観ているようだった。

「あのですねっ、課題のホームページが出来ましたので是非批評をお願いします！」

「ほほう、ついに出来たのか——じゃあ確認させてもらおうか」

ちょうど映画を観終わったところであったらしく、創路は起き上がるとルシィの部屋に移動を始めてくれた。

「自信はあるか？」

「ふっふっふっ。もちろんありますっ。たまげるでしょうね！」

クオリティにはかなりの自信があった。まひろやエヴリンから専門的な意見を、小春から素人目線で改善点についての意見をもらい、デザインに反映させている。

ルシィの部屋にたどり着いたあとは、創路をPCの前に誘導した。

PCはスリープ状態なので、画面はまだ真っ暗だ。

「ではしょー、見ていただきましょうかっ！」

「ああ、見せてみろ」

ルシィはPCのスリープを解除した。すぐに画面が立ち上がり、ルシィ渾身のアルバムサイトがそのベールを脱いだ。

どことなくメモリアル感のある白を基調とした背景に、丸みを帯びた柔らかなデザインを枠線として採用し、視覚効果も幾つか利用した豪華なスライドショー、をイメージして作ったホームページである。母との思い出をこれでもかと詰め込んだ、ルシィにとっては見ているだけで色んな感情が掻き立てられる代物であった。

「おお……」

創路がＰＣに歩み寄って食い入るように見つめ始めてくれた。

「へえ……パララックスを使ってるんだな」

パララックスとは、ものすごく簡単に言えばスクロールやその他画面内の動きに合わせて生じるアニメーション効果のことを指す。創路はそこに感心しているようだった。

「スクロールするごとにお袋さんの写真が淡く浮き出てくる演出は綺麗だな」

「ですよねっ」

「これ、アニメーションが入ってるってことはHTMLとCSSの他にJava Scriptも使ったってことだろ？　独学か？　俺はまだそこまで教えてないし」

「センセーなどにアドバイスをもらいましたけれど、基本的には独学ですね」

「やるじゃないか」

創路は褒めるように呟きながら、制作物を隅々まで確認してくれていた。

そして見尽くしたところで、ＰＣから顔を離してこう言った。

「ま、合格だな」

「──本当ですかっ！」

「ああ、思った以上に良いモノを見せてもらったよ。こんなに良いモノを作ってもらえてお袋さんも嬉しいだろうな」

「ありがとうございますっ！　でもこれで……ママとは一旦決別です」

「決別？」

「ママとの思い出は忘れ難いモノですけれど、かといってそれを時折思い出してすすり泣いているようでは、前に進めない気がしたのです……ですから、泣き虫ルシィの一因となってしまうママとの思い出はそのサイトに封じ込めたつもりで、ここからは前向きに夢に向かって突っ走ろうと思うのですっ！」

「──それはどちらかと言えば後ろ向きじゃないか？」

「……え？」

思いも寄らぬ言葉だった。

創路はアルバムサイトを再びスクロールしながら続ける。

「お袋さんとの思い出を時折思い出して泣くのは別に後ろ向きじゃないだろ。感受性が高いって捉えれば、クリエイターとしてはむしろプラスだ。逆にそこに蓋をして感情をせき止めようとする行為こそ、とんでもないネガティブ思考だ。デバッグ案件だな」

「……っ」

ハッとさせられる中で、創路の言葉は止まらない。

「前向きに生きるんだったら、お袋さんとの写真を一枚、デスクトップの壁紙にするくらいでちょうどいいな。蓋をするんじゃなくて、見守ってもらえよ」

「――見守って、もらう……」

確かに、と思った。

母との思い出を封印するのではなく、むしろオープンにして見守ってもらう。

そんな考えに至ったことは――一度もなかった。

ずっと、ずっと……母との思い出をどこかに追いやろうとしていた。

そうしなければ前に進めないという固定観念に取り憑かれていたからだ。

けれど創路の今の言葉が、ルシィの凝り固まった殻を破ってくれたような気がした。

「夢を叶えるまで決別ってのは、お袋さんとしても悲しいだろうしな。夢を叶える過程も見せてやれよ。親ってのはきっと、子供の成長していく姿を一番見たいもんだと思うぞ」

「そう……でしょうね」

頷くしかなかった。

創路の言葉に間違っている部分など何もない。

こちらの都合で母に蓋をするなんて確かに母が可哀想だ。

共に過ごし、見守ってもらう――それでいいのかもしれない。

時折思い出に浸って泣けるのは、感受性が強い証――そう思えるメンタルこそが、ルシィに一番必要なモノだったのかもしれない。

前向きに生きるとは、きっとそういうことだと思うから。

「……ありがとうございます、ししょー」

ルシィは瞳を潤ませながらお礼を告げた。

「ししょーのおかげで、一番正しい答えにたどり着けた気がします」

「なら良かったよ。せっかく作ったサイトだしな、封印するんじゃなくてお守り代わりでいいだろ」

「うぃ……そうですね」

当初の予定ではサイトのデータはフォルダの奥底にでもしまっておくつもりだったが、開きやすい場所にでも置いていつでも見られるようにしておこうと思う。

「さてと、じゃあ約束通りにフリーゲームの詳細を教えるとしようか」

創路が場を改めるように呟いた。

元々の本題はそちらである。

創路が大学生時代に作ったというフリーゲーム。

それについて教えてもらうのが、課題達成の報酬だ。

「ルシィのPCで直接俺のホームページにアクセスしていいよな?」

「うぃっ。お願いします!」

創路がウェブブラウザを開いてひとつのURLを検索窓に入力し始めていた。

そしてエンターが押された次の瞬間、映し出されたそのページは——

(……あれ?)

目が点になる。

(そ、そんなことって……)

映し出されたそのページには見覚えがあった。

忘れるはずがない。

忘れていいわけがない。

それは六年前——ルシィに救いをもたらしてくれたインディーフリーゲーム『ニンジャレッツデン』をダウンロードした、まさにそのホームページだったのだから。

(ま、まさか……)

ルシィはハッと口元を押さえ、創路を見つめた。

創路はそんなルシィを不審に思ったような表情で捉え、

「……どうした？」

「いえ、その……」

じわりと、ルシィの瞳は潤み始めていた。

「ま、マジでどうした……？」

「あの、えっと……」

それは悲しみの涙ではなかった。

悲しみの対極にある感情が爆発しそうになっているのだ。

（そういうこと……だったのですね……）

自分を取り巻く現状は奇跡の産物だった。

そう考えつつ、ルシィは——

「ししょーが……ニンジャレッデンを作られていたのですね？」

「え？」

「ししょーが……ロークリ氏、なのですね？」

そう問わずにはいられなかった。

◇

俺はルシィの反応に驚かざるを得なかった。

「……なんで俺の別名義を前々から知ってる風なんだ？」

ロークリというのは、創路(そうじ)を英訳してクリエイトロード、そして英単語の組み合わせを逆にして略した非常に安直な名義だったりするのだが、今はまずそんなことはどうでもいい。

「だ、だってルシィは——ニンジャレッツデンを遊ばせてもらっていましたのでっ！」

「……マジか？」

「事実ですっ！」

ずずいとルシィに迫られる。

その表情はどこか感激しているように見受けられた。

「なるほど……ルシィはすでにお会い出来ていたのですね……ルシィを救ってくれたクリエイターの中のクリエイターに」

「……どういう、ことだ？」

「昔の話です……ママが亡くなって塞ぎ込んでいたルシィの心を、他ならぬニンジャレッツデンが紐解いてくれたのですよ」

「そう、だったのか……？」

「うぃ。どんなに行く手を阻まれてもへこたれず、決して挫けない主人公アキトの精神に感服し、ニンジャの矜持に胸打たれ、前向きに生きていればいいことがあるのが人生なのだと学ばされ、ルシィは深いどん底から立ち直ることが出来たのです」

かつての日々に思いを馳せるように目を閉じて、ルシィは静かに語っていたが――

「しかしです……ししょー、だからこそ言わせていただきたいことがあります」

どこか怒ったような表情で、ルシィはこう続けた。

「ししょーはなぜ、ニンジャレッツデンを恥ずべき歴史として扱っているのですかっ？」

糾弾するような言葉が続けられる。

「あんなに素晴らしいゲームをルシィは他に知りません！　グラフィックやシステム面は昨今のゲームに劣ろうとも、ルシィに言わせればあれほど心が揺さぶられたゲームは他にないのです！　アレの制作者であるというのは誇るべきことであるとルシィは思いますけれど、ししょーはどうして恥ずかしいから内緒だと言って素直に教えてくださらなかったのですかっ！」

「ガラじゃないモノを……」

「え？」

「……ガラじゃないモノを作ったなって、そう思ってるんだよ」

ただ――それだけのことだ。

「……やったなら分かると思うが、ニンジャレッツデンは義賊の熱血忍者が敵を説教して成敗する勧善懲悪の青臭い話だ。普段インプットインプットってやかましく言ってる俺の制作物がなんの捻りもない王道一直線でしたーとか、今振り返れば恥ずかしくてヘドが出る」

「そんなことは……」

「それだけじゃない。ニンジャレッツデンはポートフォリオとして作ったモノだ。だから王道一直線は狙って作ったコンセプトなんだよ……お利口さんなモノを作った方がウケは良いだろうって考えて、実際その狙いは正しくて俺の就活は楽に終わったよ。でもな、そんな思考自体も今振り返ればヘドが出るんだ。安全策で行って何が面白いんだよ。今の俺ならもっと尖ったモノを作るさ。そういう意味で、ニンジャレッツデンは若気の至りなんだ」

王道でしか面白いモノを作れなかった青い俺の成果物。

尖った面白さを引き出せずに作られた、インプット不足が招いた産物と言えよう。

「だから、アレはそんなに良いモノじゃない」

「そんなことを……」

「え？」

「――そんなことをおっしゃらないでくださいっ！」

「……っ」

　恋人を愚弄されて頭に来たかのような鬼気迫る表情で、ルシィは俺を見上げた。

「ししょーがニンジャレッツデンをどう思っているかなんて知りませんっ！　この際そんなことはどうでもいいのですっ！　ルシィは……ルシィは――ニンジャレッツデンのおかげで救われたのですっ！　あなたのゲームがなければ今のルシィがあったかどうかは定(さだ)かではありませんっ！　ゲームの内容が誇れないとおっしゃるのであれば――そのゲームが一人の少女を救ったという事実を是非誇りに思ってくださいっ‼」

「ルシィ……」

「何よりっ、ルシィはロークリ氏に憧れてゲームクリエイターを目指すことにしたのですから、どうかその点もゆめゆめお忘れなきようにしてくださいＩ　ししょーはルシィにとって真(まこと)にヒーローだったわけですっ！　そんなヒーローが、自分の生み出した成果を否定するだなんて――そんなのは悲しいじゃありませんか……っ」

じわりと、その瞳に再び涙が浮かんでいく様子を見て、

「………」

俺は——自分の言動を恥じた。

クリエイターが、自作に対して自信を持たないのは論外だ。

自分が誇れないモノを世に送り出してしまえば、触れてくれたユーザーに対して失礼なわけで。

俺は今まさにそれをやってしまったわけで。

はあ……インプットに勤(いそ)しんでばかりいたせいで、俺は肝心なモノを学び忘れてきたのかもしれない。

最近は自己中じゃなくなってきたつもりだったが、表面的でしかなかったんだな……。

「……悪かった」

俺は素直に頭を下げた。

「ニンジャレッデンを好きでいてくれたルシィの前で、俺はとんでもないことを……」

「……本当ですよ」

ルシィはまだ怒りを残しているようだった。

「どうしたら許してくれる……？」

尋ねると、ルシィは少し考える素振りを見せたのち、

「Si vous prenez la responsabilité」

「……え？」

な、なんて……？

「分からないなら分からないで構いません。ふんだっ」

ルシィは頬を膨らませながらベッドに不貞寝(ふてね)してしまった。

ちょ……、え？

「お、おい。なんて言ったんだよ」

「…………」

「おい」

「…………」

「おいってば」

「…………」

「ルシィ？」

「…………」

「ルシィさん？」

「…………」

ダメだ……完全にスルーされてる。

「えっと……とにかく、悪かったよ。今は出直すから……おやすみルシィ」

この場に残っていても今はどうにもならないと考え、俺は自室に戻った。

「なんて言ったんだ……」

そしてグーグル先生を頼った。ルシィが発したフランス語を覚えている限り耳コピし、スマホに向かって発音したわけだ。

すると――

『あなたが責任を取ってくれるなら』

「!?」

そんな翻訳結果が表示され、俺は心がざわついた。

どうしたら許してくれる？　に対する答えがそれ……？

「…………」

せ、責任って何……？

何をどう取ればいいの⁉

しっかり師匠をやれ、って解釈でＯＫ？

ていうかそれ以外の意味が込められていたら困るしそれでＯＫだと思いたい。

◇

一方――。

創路が立ち去った室内で、ルシィはベッドに横たわりながら足をバタバタさせていた。

喜び勇む子供のようなその動きは、実際にその手の感情が反映されていた。

「ししょーが……ルシィのヒーローでした……！」

謝られた時点ですでに創路に対する怒りなど消え失せていたが、このどうしようもなくあふれ出るニヤニヤとした表情を創路に見られるのが恥ずかしくて、創路が自然と出て行く状況に仕向けたのが今しがたの無言タイムである。

ともあれ。

ルシィは感激していた。顔の緩みが収まらず、枕に顔を押し付けたまま「うひゃあああああああああああああああああ」などと叫ぶ始末である。

ニンジャレッツデンを作った謎の制作者が創路であったというその事実。

自分を救ってくれたかの制作者に今こうして巡り会えているというこの現状は、果たしていかほどの奇跡が積み重なれば成立するモノなのだろうか。

「ししょーは……昔からルシィのししょーだったのですね……」

ホームステイするよりも以前から、創路は師としてルシィを導いてくれていた。

もちろんお互い、導いていた自覚も、導かれていた自覚も、なかったわけだが——それでもこうして不可視だった繋がりが紐解かれてみれば、それはもはや運命としか思えない縁で結ばれていたわけである。

(本当に……ししょーのおうちに来られて良かったです……)

まだ始まったばかりのホームステイは、常に新たな刺激をルシィにもたらしてくれる。

刺激的な日々がこれからも続くであろうことは、想像に難くなかった——。

終幕　とある日常の話

「ししょーっ、少しご相談があるのですがっ！」

「どうした？」

五月中旬の、とある休日の昼下がり。

俺が昼食後のインプット（読書）に耽っていると、ルシィが改まった表情で近付いてきたのが分かった。

「実は遊び程度にUnityとUnreal Engineを触っておこうと思いまして自前のノートPCにそのふたつをダウンロードしてみたのですが――」

「ろくに動いてくれなかった、ってところか？」

「うぃっ。その通りです！　もうカックカクで動作も遅くてダメダメですっ！」

「単純にルシィのノートPCが推奨スペックに届いてないんだろうな」

俺も昔古いノートPCにUnityをダウンロードしてみたら動作がコマ送りを彷彿とさせるカクカク具合でろくに何も出来なかったという状況に陥ったことがある。

「どうしたらいいでしょうか……ルシィには高いPCを買えるようなお金はさすがにありませんので……」

「俺のお下がりでよければプレゼントしてやろうか？」

今はもう使っていないデスクトップPCがクローゼットに眠っている。Unity と Unreal Engine がインストール済みで、当然ながらどちらも快適に動作するスペックだ。

「よ、よろしいのですかっ⁉」

「全然いいよ。なんなら今すぐセッティングしてやろうか？」

「うぃっ。是非お願いします！」

そんなわけで、俺はルシィの部屋にデスクトップPCを設置してやった。

「——わっ、すごいです！　自前のノートPCと違って動作がヌルヌルですよっ！」

早速各種ゲームエンジンを起動させたルシィが、目をキラキラと輝かせている。

「ありがとうございますしょー！　おかげさまで色々捗りそうですっ！」

「そりゃ良かったよ」

俺はどこか喜ばしい気分だった。それはなぜだろうと考えて、ルシィの喜ぶ姿が嬉しいからだと悟った。

以前の俺ならこんな気持ちにはならなかった気がする。インプットが最優先で、それ以外のことは二の次で、何か頼まれ事があれば嫌々引き受けはするものの、それを完了させたあとに依頼者が喜んでいても「自分でしっかりやれや俺の手を煩わせるな」と胸中で悪態をついてしまう程度にはうんざりする感情が勝っていたと思う。

でも今はやっぱり、ルシィの喜ぶ姿を微笑ましく捉えることが出来る。

出会ってからの二ヶ月で色々あったからな。

初めは形ばかりの師匠と弟子だったが、今はその関係がきっちりと成立している気がする。昔からの繋がりを思えば、なるようになる関係だったのかもしれない。

「時にししょー」

「なんだ？」

「面と向かってお伝えしたことがなかったことを、今お伝えしてもいいですかね？」

「あぁ、なんだろ？」

「ルシィはししょーのおうちに来られて良かったです――常々思っていたのですが、きちんと言葉に出来ていなかったのでお伝えしておきますね」

そう言ってにこりと微笑んだルシィを見て、俺は反則だろと思った。

この子は本当に俺の心にするりと入り込んでくるのが上手い……意図的にか無意識的にか分からないが、言動が小悪魔だ。そんな風に言われてしまったら、師匠は張り切るしかなくなってしまうってことが分かっているんだろうかまったく。

「こちらこそだよ。ルシィが来てくれたおかげで、俺の生活は潤ったと思う」

「ししょー……」

「だからそのお礼ってわけじゃないが、今から一緒にゲームエンジン、触ってみるか？」

「――っ、うぃっ！　是非お願いしたいですっ！」

こうして俺たちは、同じディスプレイを隣り合って見据え始めた。

俺はホストファミリーとして、保護者として、師匠として、ルシィが俺の家を訪れてくれたことを後悔させてやらない。

かといって特別な何かをやるわけじゃなくて。

こうした何気ないコミュニケーションを毎日取り続け、俺自身の糧（かて）にもしながら、ルシィの成長を見守っていこうと思っている。

そう、だからこれは――異国の夢見るゲーマー少女との日々を綴（つづ）った日常の物語だ。

あとがき

このお話はゲームが題材です。自分自身、一応そちらの分野に携わらせていただいている経緯がありまして、今回のお話はもちろんフィクションですけれど、すべてが嘘なのかと言えばそうではなかったりします。まぁ九割は嘘です。

このお話には実際のゲームを幾つか伏せ字で出させていただいていますが、自分はそのどれもが大好きです。本当なら今年発売されたあの神ゲーの話題も「ご照覧あれい！」という感じで中身に組み込みたいところでしたが、この原稿はあの神ゲーの発売よりも前に完成していたのでどう足掻いても組み込めなかったわけです。あとがきは五月の終わりくらいに書いているので、あの神ゲーをこうして話の種に出来るんですけどね。

個人的に今年のゲームは今のところその神ゲーがナンバーワンですけれど、まだまだ大作や中堅どころの有力作も控えているので楽しみです。まぁ時間がなさ過ぎてまともに遊べないとは思いますけれど。

今回のあとがきは四ページだそうで、まだ三ページ近くあるんですね。どんなことを書けば埋まりますかね——じゃあ競馬の話題でもやりますか（唐突）。

某娘の影響で去年からリアル競馬にドハマリしておりまして、地方競馬にまで手を出してしまったギャンブル大好き人間とは私のことです。馬券の買い方は最初は複勝オンリーだったんですが、そこから紆余曲折を経て今はワイド一点と、そのワイド一点を二頭軸にした三連複流しがメインの買い方です。当たると気持ちいいです。

ちなみに今年のＧＩは全敗中だったりします。自分はどうにもメインレースよりも平場の方が当てやすいんですよね。メインレースはあれやこれやと展開を予想した結果、変な穴馬に過度な期待をかけて結局それが来なくて外す、というパターンが多いです。むしろもっと変なのが突っ込んできて「うぎゃあああああ」ってなるのが恒例行事。そして最終レースも外して一発逆転ファイナルレースも外して悲惨な週明けを迎えるんですよね。

そういえば、このあとがきを書いているのはなんと日本ダービーの前日です。なので自分の本命をここに記しておきます。権利とかに引っかかるとアレなので馬番で。
◎　12
さて、このお話が発売された時にはとっくにダービーの結果が出ているわけです。逆神となってしまったのか、あるいは大勝利だったのか、楽しみですね。

いずれにせよ、馬って可愛いと思うんですよね。牡馬も牝馬もセン馬も一生懸命走って人間に熱と活気をもたらしてくれます。そんな在り方が健気で、応援したくなります。

ここだけの話ですが、いつか馬主になりたいので、ドンと一発当てたいという野望を持っています。しかしながら、一発当てられたらそれを競馬資金に費やして無にしてしまう可能性がある、というのが自分の怖いところでしょうか。


まぁそんなわけで（どんなわけだよ）、残り二ページ弱となりましたので、競馬の話題を切り上げて謝辞とか諸々書かせてください。

お気付きの方もいらっしゃるかもしれませんが、今作はなんと『俺の妹がこんなに可愛いわけがない』や『エロマンガ先生』でお馴染みの伏見つかさ先生ご協力のもと、高坂桐乃ちゃんからの応援コメントを帯にいただく、という光栄の極みにもほどがある嬉しいサプライズがありました。

伏見つかさ先生。非常にお忙しい状況下であるにもかかわらず、拙作に目を通していただき誠にありがとうございました。先生の作品を楽しませていただいている人間としてはこれ以上ないご厚意に身が引き締まる思いです。これからも微力ながら応援させていただきますので、お身体に気を付けて良い作品を生み出し続けていただければと思います。今回は本当にありがとうございました。

そして担当様。今回は色々大変だったと思いますが、ご尽力のほど感謝致します。何卒(なにとぞ)引き続きよろしくお願い出来ますと幸いです。

そして何より森神(もりがみ)様。素敵なイラストをありがとうございました。どのキャラクターに関しても自分の脳内イメージと差異がない形でビジュアル化していただき本当に感謝しております。特に部屋着ルシィは自分のイメージを軽く超越しており、素晴らしいとしか言いようがありません。続刊しましたらまた是非お力をお貸しいただけますと嬉しいです。

そしてそして読者の皆様。本書をご購入いただきましてありがとうございました。

自分はこれまで年上ヒロインばかりを書いていた人間ですので、今回は年下ヒロインへの初チャレンジ作品でした。

ルシィは可愛かったでしょうか？　小春やエヴリンでも構いませんが、お気に入りの年下ヒロインが生まれていらっしゃるようなら作者冥利(みょうり)に尽きるというものです。

あ……もちろん人によってはまひろさんという魅惑のアラサーお姉さんも全然年下だと思いますので、どうか愛(め)でてあげてください。

では今回はこれにて失礼を。

神里(かみざと)　大和(やまと)

お便りはこちらまで

〒一〇二−八一七七
ファンタジア文庫編集部気付
神里大和（様）宛
森神（様）宛

ホームステイを受け入れたら、俺のことを全肯定してくれるオタク美少女だった

令和4年7月20日　初版発行

著者——神里大和

発行者——青柳昌行

発　行——株式会社KADOKAWA

〒102-8177

東京都千代田区富士見2-13-3

0570-002-301（ナビダイヤル）

印刷所——株式会社暁印刷

製本所——本間製本株式会社

※定価はカバーに表示してあります。

●お問い合わせ

https://www.kadokawa.co.jp/（「お問い合わせ」へお進みください）

※内容によっては、お答えできない場合があります。

※サポートは日本国内のみとさせていただきます。

※Japanese text only

ISBN978-4-04-074657-9　C0193　◇◇◇

学校
……じろじろ見ないで
【朗報】
俺の許嫁になった地味子、家では可愛いしかない。
ラブコメ
秘密の結婚生活！

ファンタジア文庫
甘えてもいい？
家
著者：氷高悠
イラスト：たん旦
親同士の約束で俺に嫁（3次元）ができた!?
相手は地味で目立たない同級生・綿苗結花。
「最近の推しは誰ですか!?」「遊くん…って呼んでもいい？」
趣味もピッタリ、意気投合。
しかも、慣れたら学校では想像できないほど大胆に！
彼女の素顔と、２人だけの生活は可愛さしかない!?
クラスのあの子と